THE CURTAIN CALL

25 SHORT STORIES
BY
YASUTAKA TSUTSUI

# カーテンコール

筒井康隆

SHINCHOSHA

カーテンコール　目次

# カーテンコール

本書は二〇二〇年末から執筆した掌篇小説を集めたものであり、「花魁櫛」は文芸誌以外のメディアに掲載された直後に、また「川のほとり」は文芸誌への発表直後に、短篇集『ジャックポット』に収録されていますが、最近の数少ない掌篇としてこの『カーテンコール』にも再録しました。

著者

# 深夜便

生まれ故郷の青海苔県の飛行場から飛び立って浴衣半島を越え、以後も機は無茶苦茶な飛び方をした。深夜のＢＡＲの闇に溶け込んでいるカウンターの隅で目醒めたおれもやっぱり半ば闇に溶け込んでいた。目醒めたのは藤原利之に揺すり起されたからだ。

「山岡。こんなところで寝るな。ママが迷惑してるぞ。起きろ。起きろ」

「今、着陸したところだ。まだもう少し寝るから起さないでくれ」

「何を寝ぼけている。相変わらずだな。おれだ。藤原だ。藤原のカースケだ」

顔をあげればエスタブリッシュメントのカースケで、おれと人種の異なるエリート顔のキャリアではないか。グラスを見れば酒はもう残っていない。くれ。バーボン、ストレートでくれという言葉が出ない。おれはしかたなく藤原を睨みつける。

なぜか藤原は少し辟易したようだったが、すぐ、おれには何のやましさも感じていないことを明らかにしようとした。「なんだ。なんだ。まだおれを恨んでいるのか。おれがお前から登綺子を奪って結婚したなんて思っているんじゃないだろうな」

やっと頭が冴えてきた。しかしまだ夢の中で進行中の夢の話をしているような気がしてならない。

「そんなこと、思うもんか」と、おれは言った。「登綺子から逃げたのはおれだ。登綺子はお前と結婚してよかったんだ」

「そんならなんでそんなに飲んだくれてるんだ。彼女が好きだったからじゃないのか」

「当り前だ。お前と同じように彼女が好きだったよ。彼女が好きでないやつなんかいないぜ。そんなやつがいたら告発してやる。ゴシップ記事にして、ツイッターで足腰立たぬほど痛めつけてやる」

「おい山岡、山岡。山岡」

藤原はおれの隣席に腰をおろし、ママに命じて自分のグラスを前に運ばせた。他の席に客はいない。ママは美しい中国服の姿態をくねらせてカウンターのはるか彼方に行き、いつもの定まった椅子に掛ける。

「好きだったことはわかっている。おれも彼女が好きだったしお前も彼女が好きだったことはわかっている。おれが聞きたいことは、なぜ登綺子がおれと結婚するのを、お前は黙って見ていたのかってことだ」

「あはははははは」と、おれはバーの天井を見あげて笑った。「この店に登綺子をつれてきたことが一度だけあったな。あれ以来彼女がこの店に来たことはない。一度もない。あの時はお前もいた。登綺子が初めてお前に逢った時だ。お前はおれに遠慮して彼女に声をかけなかった。しかしそのあと、お前はほとんどひと眼見ただけの登綺子が忘れられなくなった。お前は登綺子の両親と自分の両親の同意を得た上で正式に結婚を申し込み、彼女と結婚した」

藤原は喋っているおれの顔を歯痒そうに見続けていた。そして言った。「そうだよ。その通りだよ。だけどそれは、お前が彼女から逃げたからだよ。そしておれは、彼女と結婚することをお前に告知した筈だぞ。お前の了解を得た筈だぞ。それはお前が登綺子を好きだということがわかっていたからだ。好きな癖に登綺子から逃げたということがわかっていたからだ」

この男は何を言ってるんだ。頭に半分白い雲と半分黒い雲が浮かんでいて、白と黒の配分をころころ変えている。この男の言っていることがよくわからない。しかしその内容の不吉さはよくわかるのだ。この男は誰だったかな。別の男が喋りはじめた。しかしそれはおれの声だ。

「逃げた、逃げたなどと言うな。おれは自分から身を引いたんだ。そうだ。身を引いたと言ってほしいもんだ。登綺子さんはなあ、おれみたいなぐうたらと一緒になるような人じゃないんだよ。おれと結婚なんかしてみろ。おれのいい加減な生活にはとてもついて行けないから、登綺子さんたちまち不幸のどん底だ。そんなことはわかってる。ようくわかってる」

あはははははは、と、またおれが笑っている。よく笑う男だなあ。

「ようくわかっているのなら、もう飲むな。そんな飲み方してたら死んじまうぞ」藤原はおれを睨んだ。

そうだこいつは藤原だ。なんでおれなんかの心配をするんだ。だいたいこの男がなんでここにいるんだ。しかもこんな時間に。こいつは登綺子さんと幸せな家庭を持ってるんじゃないのか。なんでこんなバーなんかにいるんだ。「お前なら彼女をしあわせにできると思っておれは身を引いたんだからな。だってお前は品行方正でエスタブリッシュメントでエリートのキャリアで、おれみたいな飲んだくれのいい加減な男とは違うんだからな。そうだろう。違うか。え。こんな深夜にこんなバーで飲んだくれているおれなんかとは違うんだ。そうだろう」

「ちっ、ちっ、ちっ」藤原は突然、宍戸錠になった。「天に金槌、釘を打つ。ちゅうちゅう鼠の運動会。滑って転んで一等賞。まるっきり勘違いしているなお前は。確かにおれは品行方正でエスタブリッシュメントでエリートのキャリアのカースケだ。そして登綺子はそんなおれが好きじゃなかったようだ。まあ確かに、お前は飲んだくれのいい加減な男だよ。おれの眼から見りゃあな。ところがそんなお前を登綺子は好きになった。好きで好きでたまらなかったらしいんだな。おれの考えだが、こいつはDNAの問題でさ、あんな完璧な女性ほどいい加減な男が好きになるらしい。彼女は金の心配なんかしなくていい良家の娘だ。だから尚さらお前のだらしなさだけが気になって、飲んでばかりのお前のからだを心配して、それで余計に好きになった。家計だの生活費だのってのとは無縁の家庭の人だったんだから、つまりはお前だけを魂の底から愛したってことだよな。参ったよもう。しかもお前にはおれには絶対にわからない、どうやら彼女だけにしかわからないいいところがあるみたいなんだ。いやよくわからんのだが、そりゃま本当にいいところがあるのかもしれん。お前だって業界じゃ敏腕で鳴らしてるんだもんな」

「こんなものが手に入ったわ」ママが秋刀魚の塩焼きをふたつ持ってきた。「山岡さんは夕方から何も食べてないわ。食べて頂戴」

「おん秋刀魚やさとばん。おれは今、おんさんまやタリバン。あはははは」おれはまた無意味に笑った。「おれは自分のことより、今はお前のことが心配だ。だいたいお前がなんでこんなバーなんかにいるんだ。家で登綺子さんと一緒にいろよ。彼女は幸せなんだろうな。彼女を不幸にさせたりしたらただじゃおかないからな」想像しただけで怒りのため目の前が昏くなった。「あんないい人はいないんだからな。あんなに美しくてそれと同時にあんなに優しい人なんて他にいないんだからな。まったくもう、奇蹟みたいな人なんだからな。彼女を不幸せにしたらお前を殺すからな。本当だぞ」

「山岡っ」藤原が叫び、グラスの底をカウンターに叩きつけた。「お前、何を言ってるんだ。知らなかったのか。本当に知らなかったのか。登綺子は死んだんだ。睡眠薬の飲み過ぎで死んだんだ」

黒雲が脳内で膨満した。不吉な予感はこれであったか。おれの知らぬところで不吉さはそういう姿になっていたのか。おれは突然の報せがすぐには理解できなかった。ただ、それが凶報の極みであることだけはなんとか悟ることができた。「お前の言い方がおかしいおかしいと思っていたんだ。ずっとそう思っていたんだ。それでだな」おれはカウンターに肘をつき、椅子をまわして藤原の顔を視線の中心に捉えようとした。「それで、登綺子が死んだ、と今言ったな。確かにそう言ったな」

「そうだ」

「何故死んだんだ。おれにはわからん。さっぱりわからん。登綺子さんは、いいや登綺子は、いったい、なんで死んだんだ。死ぬ理由があったとでも言うのか」

「あっ。そんなことがわからないのか」まだ視線の定まらぬおれの眼を、藤原は眼を瞋《いか》らせて捉えた。「決まってるじゃないか。お前が結婚してやらなかったからだよ」

花魁櫛
<ruby>お<rt></rt></ruby><ruby>い<rt></rt></ruby><ruby>ら<rt></rt></ruby><ruby>ん<rt></rt></ruby><ruby>ぐ<rt></rt></ruby><ruby>し<rt></rt></ruby>

実家の母親が死んだので、トラック一台分の遺品がアパートの一室、狭いわが家にどかっと送りつけられてきた。遺族はおれたち夫婦だけだったのだ。「いらないわよ。邪魔だわこんながらくた」妻は眼を吊りあげて罵った。妻の家はもと江戸の旗本であり、妻はそれが自慢で、何かと言えばおれの親族を馬鹿にする。「そりゃまあ、確かにがらくたばかりだが、だけどこの仏壇はどうする。こればかりはおれが引き継がないわけにはいかんだろう」

遺品の中で最大のものが仏壇だった。そして仏像はじめ位牌などの仏具が入ったこの仏壇だけは紫檀の立派な代物で、それは妻も認めぬわけにはいかないようだった。

「ねえ。この抽出し、何が入ってるの」そう言いながら仏壇のいちばん下にある抽出しを開けた妻は、何やら高価なものが入っていそうな桐の箱を取り出した。開けると、中には鼈甲の櫛や笄《こうがい》などの洒落た髪飾りがひと揃い入っていた。櫛は半月形の大きなもので、笄は端が扇形の、いずれも妖しいほどに艶っぽく光っている品だ。

「凄いぞ。これはみんな鼈甲と言ってな、タイマイという亀の甲羅から作るんだが、今は確かワシントン条約で輸入が禁じられているから、この鼈甲だってずいぶん高額になっている筈だ」

妻は疑わしげな顔で「へええ」とおれを見てから、それでも高額ということばに反応して眼だけはぎらりと光らせた。「じゃあ、早いとこ売っちまいましょう」

何度か古道具を売ったことがある古物商を電話で呼び出し、がらくたの整理と買取りを依頼した。如何に妻が邪魔にしようと、さすがに仏壇だけは売れなかった。古物商は他のものには目もくれず、ひたすら鼈甲の髪飾りだけに執着した。「本鼈甲ですな。おばあさまがお使いだったものでしょう。メルカリならひと揃いで三万円、といったところですかね」

ちょっと安いなと思ったので、他のがらくただけを数千円で売り、髪飾りセットだけは様子見にしばらく古道具店へ預けておくことにした。何故か妻が汚らしげにして嫌うので家に置いておけなかったのだ。

次の日、古物商が申し訳なさそうに電話をしてきた。「とんだ眼鏡違いでした。調べましたところ、あれは明治時代以前のものでした。百年以上経った鼈甲細工には骨董的価値がありますので、あれは三十万円以上になります。その辺のお値段なら私どもで引き取らせていただきますが」

その話を妻にすると、彼女はまた眼をぎらぎらとさせた。「まだよ。まだ売っちゃ駄目よ。もっといい値段で買うという人がきっと現れるわ」

その後しばらくして古物商の男は、あの鼈甲細工をたまたま装身具専門の鑑定士に見せたところ、なんと花魁櫛などの鼈甲細工師として有名な鹿川古堂の作と判明、三百万円はする優れものらしいと電話してきた。

「えっ。それじゃあなたの先祖って、花魁だったの。いやねえ。花魁って遊女でしょ。一種の売春婦じゃないの」汚らしげにそう言った妻は、だからと言って早く売ってしまおうと急かすわけでもなく、逆にますます欲が出てきたようだった。「なんだかひと桁ずつ値上りするじゃないの。まだよ。まだ売っちゃ駄目よ。そうだわ。『なんでも鑑定団』に出して品定めして貰いましょう」

「お前はいちいち言うことがおかしいぞ」おれはうんざりした。「まず、花魁ってのは最高の地位にある遊女で、そこいらの売春婦などではない。それに『なんでも鑑定団』に出たりしたら、おれたちの先祖がお前の嫌いな遊女だってことがわかってしまうぜ」

世間体と欲の板挟みにあった妻は、しばらく狐が憑いたような眼をあたりにきょろきょろさせていたが、やがて決然としておれに言った。「遊女だったのはあなたの先祖よ。侍だったわたしの先祖じゃないわ。だから『なんでも鑑定団』にはあなたが出るのよ」

そしておれはテレビに出演した。特に江戸時代の小物が専門という筈実という先生が前以て鑑定してきてくれたらしく、おれの出品物を絶賛した。「鹿川古堂の作品に間違いございませんね。しかもこの髪飾りをつけていたのは調査によって江戸時代の花魁、時代小説にも登場するあの有名な筑紫太夫であったことがわかっています。浮世絵にも、歴史上の人物とも言うべきこの太夫が、この櫛笄を挿している姿が描かれているんです」鑑定結果、価格は三千万円であった。しかも好事家ならもっと高額で買うかも知れないという話である。

「まだ売っちゃ駄目よ」眼を吊りあげた妻が言った。「その、好事家という人たちがもっと値を吊りあげてくれるわ」

おれは妻の欲深さに呆れた。「お前なあ、そんな高値で売って、世間の評判にならないわけ、ないだろうが。お前の嫌いな遊女が先祖にいるってこと、知られていいのか」

二律背反。妻は恨めしげにおれを見て沈黙した。

おれの勤めている都心の会社に、古物商の男はそれから毎日のように電話してきた。テレビを見たマスコミの連中が来るようになった上、いろんな人からあの花魁櫛のセットを売ってくれと次第に高値を提示され、中には億という金額をちらつかせてくる人もいるということだったが、家に帰ってからそれを妻に話しても、彼女は「駄目」「駄目」と、ただかぶりを振るばかりだった。

その日、ただごとならぬ様子で古物商が会社に電話してきた。「奥様がさっき来店されて、否応無しにあの花魁櫛のセットを持って帰られました。様子がおかしかったのでお電話したのですが」

悪い予感に襲われ、おれはあわてて家に戻った。玄関のドアを開けると、髪にあの髪飾りすべてをつけ、娘時代の振り袖姿で厚化粧をした妻がそこに立っていて、虹色の眼でおれに笑いかけた。「わたし、筑紫太夫よ」

# 白蛇姫

長さ一メートル。ひやー白蛇じゃあ白蛇じゃあ。この神社の守り神じゃ。粗末にするでないぞ。皆が伏し拝む。拝め拝め。あはははは。なあにこの蛇はな、単に青大将の白子に過ぎん。ほら。眼が真っ赤だろうが。

「煙も見えへん　雲かてあらへん
風も起らへん　波も立ちひん
鏡みたいやった　黄海は
曇ってきよったがな　知らん間に」

またあんな歌を歌っている。ああああれは明治時代にできた軍歌で「勇敢なる水兵」。いくら昔の歌でも憲兵に聞かれたら引っ張られる筈だぞ。大阪弁にして歌うとは、軍を愚弄するも甚だしい。服部の祿さんはずっとそんな調子だった。軍を馬鹿にしたり宮大工のくせに神様を茶化したり。親があれでは悦ちゃんが可哀想だ。それでも服部の祿さんはあの白蛇をつかまえてきて、ひとり娘の悦ちゃんに与えたのだ。悦ちゃんはまだ三歳の女の子で、物事がよくわかっていない。だからおとなしい白蛇を綺麗だと思い美しいとも思い、首に巻くと冷たくていい気持ちだし、友達にして可愛がり、蛙を捕まえてきて与えたり、蜥蜴を殺して食べさせたり、鼠捕りにかかった鼠を食べさせたり、すっかりお気に入りだったのだ。だからずっと一緒にいたのだ。

白蛇姫。そんな悦ちゃんを見て皆はそう呼んだ。勿論、その情景を見てもともと蛇嫌いのひとが虫を起して卒倒したり、小さな女の子が白蛇に首を絞められていると思って警察を呼んだり、近所の農家の鶏が呑まれたり卵が全部呑み込まれたりいくつもの騒ぎがあった。いくつもいくつもの騒ぎの末にみんなが慣れてしまって何も言わなくなり、警官も笑っているだけになり、皆が微笑ましく見守るだけになり、白蛇姫という名前までつけた。それもこれも悦ちゃんが可愛い女の子だったからに違いあるまいね。

白蛇かい。あいつは悦ちゃんにノボル君と名づけられていた。いつも悦ちゃんの近くにいて、巻きつくのではなく鱗にある突起によって垂直に木に登ったりもできるものだから木の上や室内の長押《なげし》などにいて悦ちゃんを見守り続けていたからだ。それで名前がノボル君というわけだ。

「滂沱の涙か　顔の色
穴はよき穴　あぶく吹く
大和おんなと　生まれなば
夜のいくさの　花と散れ
尺余の珍棒は　武器ならず
寸余のペニス　何をする
生まれて今日まで　二十年
鍛え鍛えし　二つ玉」

まったくもう服部の祿さんはろくな作り歌を歌わんわい。猥歌としても滅茶苦茶ではないか。さいわい悦ちゃんは小さいから何が何だかわからんだろう。あっ。もう八歳だと。いかんいかん。すぐに年頃だ。それにしても別嬪さんだぞう。何をしてるんだって。あの白蛇の脱皮のお手伝い。いい娘がそんなことをしてるのか。気持ちいいんだってさ。あははははは。困ったもんだ。それにしても白蛇はどんどん大きくなる。もう七メートルにもなる。これはもはやただの青大将ではない。そうか。やはりそうか。いつの間にか大下サーカスから逃げ出した錦蛇に変化したのだ。あれは錦蛇だ。錦蛇の白子だ。まだまだ大きくなるぞ。何。一日に兎を一匹食うんだと。近所の猫がいなくなっただと。犬もか。えれえこった。今に人間も襲われる。悦ちゃんは大丈夫か。そうかそうか。さもあらん。さすが白蛇姫だけのことはある。

ノボル君は慕っている。美しい白蛇姫を慕っている。木を伝い、道を這い、塀から塀へ屋根から屋根へ、どこまでもどこまでも彼女を追って行くのだ。彼女が芝居を見に来れば小屋へ一緒に入って行って隣の席でとぐろを巻き、他家を訪問すれば姫の横にちょこんと座って舌をぺろぺろ、学校へ行けば騒ぐ同級生たちをひと睨みで顫えあがらせ姫を叱る女教師のからだに巻きついて気絶させる。いくら美しくとも、もはや彼女にちょっかいを出す男は一人もおらんわい。錦蛇に呑まれたのでは術ないことこの上ない詮方ないことこの上ない遣る瀬ないことこの上ないわいなあ。それにしても祿さんは何をしとるんだ。

「腰の褌に　すがりつき

つれて行きゃんせ　どこまでも

つれて行くのは　やすけれど

女させない　宮大工」

まったくもう、宮大工の棟梁ともあろうものが飲んだくれて、あいも変わらず能天気なことだ。今に何か変なことが起るだろう。気ちがいじみたことが起るだろう。非日常の現象が出来するだろう。異世界から何かが伝えられてくるに違いないぞ。まあ今の所は近所で話題にしておるだけだが、資産家の娘だ、悪い噂も金で片がつくんだろう。そうこうしているうちにノボル君は十五メートル、胴回りが八十五センチにもなり、もう十三歳になった白蛇姫を背中に乗せてそこいら中を走り回ったりもするようになった。まだおかっぱ頭だが可愛い紺絣の着物を着て白蛇に乗った白蛇姫の、艶姿とも言えるその姿態にたいていの男はうっとりして見蕩れるのだ。ああもうあんな姿を見せられてはわしゃもうどう仕様もないわい。しかしあの娘は蛇娘、呑まれる覚悟もせにゃならん。ああ切なや悩ましや狂おしや胸苦しや、やり切れぬ居たたまれぬどうにかなりそうだしかしどうにもならんわい。男たちがいかに狂えど姫は無邪気な十三歳、けたけた笑うて蛇の背じゃ。

「買ってくるぞと　勇ましく
　誓って家を　出たからにゃ
　何も買わずに　支那料理」

おうい服部の渁さんよ、馬鹿な歌を歌っているうちにお前の娘は蛇の背中でお年頃、そろそろ色気づく頃じゃ。どうするどうする。金の切れ目が縁の切れ目などと何を言うておるんじゃ訳わからずとも女子の命。男の命。ああ今夜もまた彼女はノボル君を抱いて寝るのだ口惜しやのう腹立たしやのう。などと言うておるうちに時代は変化して戦時色が濃くなり、異端の言動が官憲から眼をつけられるようになった。何だと。二十メートルの白蛇だと。そんなものを飼っている娘がいるというのか。人騒がせな娘だ。何だと。自分のことを白蛇姫などと呼ばせているのか。怪しからん。神国日本の国民ともあろうものが新興宗教まがいの気ちがい沙汰。この非常時にそんな酔狂がほっておけるか。よし。憲兵を行かせろ。よく見届けてくるように。場合によってはその娘、蛇もろともに逮捕じゃ逮捕じゃ。
おうい祿さん。大変だ。悦ちゃんが憲兵に眼をつけられたぞ。どうする。
「いやじゃありませんか憲兵は」
しっ。なんて歌をうたうんだ。お前まで引っ張られたいか。しかし白蛇姫は動じない。いつの間にかあの白い錦蛇は姿を消し、そのかわりのように神官のような白い衣装を身につけた白皙の美少年が傍らに侍るようになった。あれはあれは、あれは白蛇の変化に違いないぞ。見ろ見ろ瞳が深紅ではないか。それにしても男前よなあ。そうかそもそもが異国の大蛇。日本人離れした美貌も頷ける。などと言うておるうちにほうら憲兵が来た。言わんこっちゃない。そうか。服部の家に入って行ったか。どうなることやら。しかし憲兵は出てこない。二日経っても三日経っても出てこない。
「ここはお尻を何百里
離れて遠き饅頭の
赤いあんこに埋もれて
憲兵はうんこの石の下」
祿さんは何を言うておるのか。そうか。もはや憲兵はあの大蛇のうんことなったか。ずいぶん長い間あの大白蛇の胴体は膨らんでおったよなあ。しかしあの白皙の若者はどこへ行ったのやら。憲兵と入れ違いにどこへやら姿を消したが、祿さんも白蛇姫もただ笑うておるばかり。そうこうするうちに日本は世界大戦の渦に巻き込まれて行く。猿の惑星みたいに違う星へ来てただただやっつけられっぱなしの悲運に遭うて、ああオランウータンの白人どもがわれら日本民族をこわい目に遭わして焼いて喰って。空襲じゃ。空襲じゃ。原爆じゃ。原爆じゃ。原爆ナスビのイガイガどんじゃ。このあたりはまだ大丈夫か。この田舎にまでB29は及ばんのだ。しかし田舎に出張させられた憲兵の行方などはもうどうでもよくなっている。アッツ島玉砕以後はメディアの報道も特に規制されていて、白蛇を飼う娘などというトチ狂った記事はどこにも出よう筈がない。そんな記事は自由過ぎるも甚だしい。今は自由じゃのう。平和じゃのう。本当に平和か。平和であればこそ広島や長崎の悲劇を遠い場所遠い時代の物語として語ったり涙したりもできる。しかしいずれはここも、つまりこの場所、この時代もあの場所、あの時代とかわらぬ悲劇に見舞われる。それまではすべての出来事を不吉な予兆としてただただ顫えているがいいさ。

「朝だ夜明けだ　浅田の飴だ
うんこ吸い込む　あの赤色の
棟に棟梁の　漲る魔羅を
蛇の男だ　姫様どこじゃ
月月火水　木キンタマ」

何っ。白蛇姫が妊娠したとな。そうらえらいことだ。あの白い若者の子供を孕んだか、あるいはまたノボル君の子供か。どちらにせよ人間の子供ではあるまい。だが妊娠したにしては姫のお腹は小さいなあ。あーっ。卵を産んだだと。長径二十センチの卵とな。中に入っているのは何だ。蛇か人間か。どちらにせよ白蛇姫の子供が中にいるのだ。姫に訊ねても彼女はただ嬉しそうにあの蠱惑的な笑みを浮かべて卵を抱き、軽く何度も頷いているばかり。そして戦争が終わると共にあの可愛かった悦ちゃんは卵を抱いて神社の森の奥の奥へと去って行った。さらば白蛇姫。そもそも貴女《あなた》は何者であったのか。そして卵からはどんな子供が産まれるのか、あるいはもう産まれたのか。おうい服部の裖さんよう。お前の娘が行方不明だ。お前は暢気だなあ。暢気も暢気、戦争の終結を喜んで毎夜のように裖さんは親方連中と一緒に酒を飲み大声あげてのどんちゃん騒ぎ。

「ツーツーレロレロツーレーロ」

「あらえっさっさー」

# 川のほとり

晴れているのか曇天なのか、空は白濁した色をしているのでよく判断できない。明るいので彼方の川はよく見える。渡し船が出されそうな大きい川で、河原がそのままこちらに続いていて土手はない。おれはゆっくりと川の方へ歩いて行く。砂地だ。

川の手前に誰かが立っている。それが誰だかおれはすでに知っている。息子だ。昨年の二月に食道癌で死んだ、五十一歳の息子に違いないのである。彼は浴衣のような白っぽい着物を着ていて、近づくにつれ、それがおれより背の高い息子によく似合っていることがわかる。

死んだ息子がいるということは、ここがあの世であることを示している。それは確かである。とすると彼方に見える川は、いわゆる三途の川であろう。つまりおれは死んでいることになる。しかし死後の世界などというものをおれは否定している。実際そんな非合理な世界などある筈がないのだ。あるというロマンは理解できるが、現実には存在する筈がない。するとこれはおれの見ている夢なのであろう。三途の川はおれが否定する死後の世界の象徴なのであろう。

数メートルの場所まで近づいた時、息子はおれに頷きかけた。「父さん」

「おう」おれも頷き返し、そんなことに答えられる筈がないことを知りながら、息子に訊ねてみた。「ここは冥途か。それともわしの見ている夢なのかね」

息子は困った表情で苦笑した。息子がよくする表情だ。以前からそうだったのだが五十一歳にしては若く見える。子供時代から知っているためにその記憶によって若く見える、というものでもない。息子さんは若い、と、生前から周囲の誰かれから聞かされていたからでもある。「夢なんだろうねえ。だってここがあの世なら、父さんだって死んでいるってことになるから」と、息子は言う。

「そうだな」おれは頷く。「わしが死んでいるのなら、どこだかわからんがこんな場所にいるという意識だってない筈だからな。お前さんだって死んでいるんだから、こんな場所でわしを待っている筈がない」

息子はいつもの、ちょっと悪戯っぽい笑顔で言う。「ああ。夢でなきゃ僕だってこんなところにはいないよ」

「なあ伸輔」とおれは息子に言う。「だとすると、今のお前の姿も表情も、そして言うことも、すべてわしの意識の産物ってことになるなあ。お前はしばしば面白いことを言ってわしを笑わせてくれたり、わしの知らないことを教えてくれたりしたが、ここではそういうことはないんだなあ。だとすると、つまらんなあ」

息子はちょっと真顔になった。何か考えている時の癖だ。「そうでもないんじゃないかな。夢の中のこの僕に何か面白いことを言わせようとするなら、父さんは懸命に、どんなことを僕が言えば面白いかを考えるんじゃないの。そうすると、父さんが何か面白いギャグを考えついた時と同じように、それは突然父さんの無意識の底の方からやってくるわけでしょう。突然やってくるのでなければ、面白くもなんともないもんね」

なるほどなあ、と、おれは思う。今息子が言ったことも、そもそもはおれの考えたことなのだ。考えてみれば夢だってそもそも、予想外のものを見せてくれたり、考えてもいないような意外な展開をするではないか。

「母さんは元気」と、伸輔が訊ねる。

「元気だよ」そう答えてから、そんなことはわかる筈なのに、と思う。何しろおれが返事しているんだからな。しかし夢の中の息子にしてみれば、あくまでそんなことを知らない息子であろうとしているのだろう。「お前が死んでしばらくしてからだが、母さんがわしに『伸輔、どこにいるのかしらね』と言ったことがあった。あれはずいぶんこたえた。怒ったふりで『何を言っている。どこにもおらん』と言ったら、しばらくめそめそしていたが、『夢の中だ』とでも言ってやればよかったかな。とにかく、泣いたのはその時ぐらいだ。『お前さん、あまり泣かないな』と言ってやると、『してやるべきことは全部してやったから』と言ったなあ。だから納得してるんだと。嘆き悲しんでいるわしに『あまり嘆き悲しまないで』と言ったこともある。あれは強い女だな」

「うん。母さんは強いよ」伸輔は頷いて言った。「だから安心だ」

しばらく黙っていると、川の流れの音が急によく聞こえるようになった。風はないが、ひんやりとして涼しい。

「死んだあと、こんなに長いことわしと話してくれたのは初めてだな」と、おれは言う。

「今までは端役みたいにちょっとだけ出てきたり、すぐほかの誰かと入れ替わったりだった。あれはやはり、お前があまり長いこと出ているとわしの感情が昂って夢から醒めてしまうからだろうなあ。夢には睡眠を持続させようとする機能があるからね」

「そうだろうね。だから今はもう、あまり気にしなくなっているんだよ。父さんは僕が死んだことに馴れたんだ」怒りもせずに息子はそう言った。

あいかわらず優しい男だなあ。夢の中の息子であることを忘れ、惚れぼれとその顔を見る。

「でも母さんの言う通りだ。母さんにはずいぶん世話になったよ。面倒もかけたしね。父さんにも」

そう言ってくれる優しさに思わず涙が出そうになるが、なんのことはない、おれが自分を納得させるために言わせているだけじゃないか。「知ってるだろうが、ミヅマアートギャラリーが個展を開いてくれたよ。それからお前の画集も出る」

「知ってるよ。だってあれはみな僕が死ぬ前から決まっていたことだから」

「そうだったな。お前さんは皆から好かれていて、だから通夜や葬式にもいっぱい来てくれた。こんなご時世だからちょっと心配したけど、報せていない人まで口伝えに聞いて来てくれた」

訊きたいことはいっぱいある。しかしおれにとって聞きたくないことは絶対に言わないであろうこともわかっている。これが夢でなくても、そもそもがそういう性格なのだ。そしてこれが夢でなくても、息子の強情さにも変りはあるまい。「食べたものが逆流するって前から言ってた癖に、なんで医者へ行かなかったんだ。勝手に逆流性食道炎だなんて言って」

「ごめん。本当にそう思ってたんだ」

「あの院長がお前の職業を訊いて、お前が画家だと言った時に、あの院長、『ああ』と絶望的な口調で言っただろ。あれは定期検診を受けていないことがわかったからだろうな」

「そうだろうね。僕はあれ以前に、ステージ4と言われた時でもう覚悟してたけど」

「やっぱり覚悟してたのか。死ぬことがわかってたんだ。最後に原宿の家へ来た時も、あの前の晩の食事が咽喉を通らなかったのに何度も吐きに行きながら苦しいのを我慢してたんだ。その癖わしの足の痛みの原因をネットで調べてくれた。調べてくれた通り、あれは痛風だった。あの朝帰って行ったうしろ姿がお前の最後の見納めになった。ちらっと見ただけだが苦痛で人相が変ってしまっていた。お前あの朝は、わしにそんな顔を見せたくなくてこっちを向かなかったんだろ」

息子は微笑を浮かべ、俯き加減のままで無言だ。だんだん言葉数が少くなって行くように思う。姿も薄れていくように思える。もう夢も醒める間際なのかと思い、おれは何か言わねばと焦る。

「しかし、なんで癌なんかになったんだろうなあ」

「さあ。なんでかなあ」

「新聞連載の挿絵を頼んだ時、わしは水彩画でもいいと言った筈だ。だけどお前は蜜蠟画で描くと言って、結局百数十枚全部を蜜蠟画で描いた。あれ、腹這いでないと描けないから胸が痛いなんて言ってたが、あれでおかしくなったんじゃないのか」

「違うよ。僕のは食道癌だから、場所が違うよ」そしてまた、あの魅力的な苦笑。

おれは懸命に喋り続ける。喋っている間は消えないだろうと思い、まさに夢中で喋る。

「この間、昔よく通った中之島図書館の夢を見た。それから中央公会堂の地下の食堂にいる夢を見た。ああ、ここへ通っていた頃には伸輔はまだいなかったんだと思ってはっとして、それで眼が醒めたんだ。だって五十一歳だったんだもんなあ。おれの今までの一生に比べて若過ぎるよなあ。三十五年もだ。そうそう。お前、『新潮』の矢野君と現代音楽のことを熱く語りあっておったな。わしには全然わからなかった。現代音楽なんてものはわしにはまったくわからん。お前、偉いなあ」

「偉くないよ。ねえ。智子と恒至のこと、頼むよ」

おっ。喋り出しそうな気配だぞ。姿もなんとなくはっきりしてきたように見える。「ああ。それは大丈夫だ」おれは大慌てで大きく何度も頷く。「まかせとけ」

「あ。父さん」息子がおれの背後を指さして言う。「母さんが来たよ」

# 官邸前

総理がただひとり、官邸へタクシーで帰ってくるなど前代未聞のことだ。門前に飛び出して記者は特ダネとばかり息急き切って声をかける。

「総理。お帰りなさい」

警備員のいない周辺を総理は幻覚かと疑うかのように見渡す。「君はいったい、こんなところで何をしてるんだ」

総理に近寄り、耳打ちするかのように記者は耳打ちする。「待ち伏せしとったんです。今夜はお一人でお忍びの外出からのお帰りだと勘で悟ったもんですから、あのまるで官邸のペットみたいな国家スパニエルどもはいないだろうと」

「君は確か読経新聞の、風変わりな名前の記者だったな」

「よく憶えていて下さいました。はい。一ッ木皆無と申します。今夜はどちらからのお帰りですか」

「歯医者へ行っとったんだ。診療室からいつも悲鳴と絶叫が聞こえてくるあのケタタマ歯科だがね」

「俄には信じられませんな。銀座か赤坂か、どちらかの料亭でアメノスケコマシノミコトじゃなかったんですか。あっ。もしかして今ひそかに来日されているあのポッペンハイマー博士とどこかで密談を」

「そんな物騒な人とは逢わん。そもそもわたしの国づくりの中に表向き核武装という概念はないんだ」

「そんなら例の自助、共助、公助三作の三所物《みところもん》ならび備前長船《おさふね》の則光はせんど仲買《なかがい》の弥市が取り次いだものではないのですね」

「そう。中橋《なかばし》の加賀屋佐吉方《かた》から使いに来てずんどの花活け。ええい乗せられた、落語の金《きん》明竹《めいちく》をやっとるのではない。まあ、あの月をご覧」総理はいつにも増して明るい東京の夜空を指差す。「あれこそが今月今夜の月なのだよ皆無君」

「あれっ。すでに曇っているようですが」

「だから言うておる。あれを曇らせたのはわたしではない」

皆無が少しのけぞる。「ははあ。前の総理だと仰るわけで」

「あり得《え》内閣であったな。もちろんわたしにも責任はあるが」突然総理は沈鬱な表情になった。「歴史の断続性や体系性が如実に示されるものはやはり政治だろうね」

「司馬遷ですな。いや、司馬遼太郎でしたかな」

「君ほどの常識がジャーナリスト全員にあればなあ。それじゃ失礼するよ。皆無君」総理は官邸の玄関に向かう。

「あっ。ちょっと、ちょっとお待ちを。総理総理。それにしてもなんで官邸の玄関にこんなでかい岩が置かれてるんですか。これじゃ官邸に入りにくいでしょう」

総理は虚無の笑いを笑う。「ああこれか。これは他山の石だ」

「こんなところに置かれていては、他山の石とは言えんでしょう」

「ここに置いてあるからこそ他山の石。ターザンの石ではないよ。いつもこいつを乗り越えて官邸に入るんだ。ともすればこいつに幻惑されるんでね」総理は岩の上に登り、腰をおろす。

心配そうな表情を作って皆無が言う。「冷えますよ。ご病気に障ります」

総理はにやりと笑った。「カマをかけているな。病気って何のことだ」

「誰でも知っている総理のご病気、あるいは前の総理のご病気のことですよ。今の病状を教えてください」皆無はこれ見よがしにメモ用紙と鉛筆を出した。

「それは言えない」

「なぜですか」

「言えないからだよ」

「だから、それはなぜですか」

「だいぶ以前の総理だが、癌であることを死ぬまで隠していた。だから総理は自分の病気のことを言ってはいけないんだよ」

皆無はいらいらと足踏みした。「だから、それはなぜですか」

「だからそれは言ってはいけないからだよ」総理はまた笑った。面白がっていた。

「そんなことを決めたのはいったい誰なんですか」

「通常は、神か大衆かと言われているが、わたしは神を信じないので、まあ、大衆ということになるね」

「大衆も信じていないのでは」と小声で言ってから、皆無はねぶり顔で言う。「あのう、わたしも大衆ですけどね」

総理はげらげら笑った。「マスコミは大衆ではないよ。むしろ自分たちでは神だと思っている」

「だけど前の総理が病気のことを打ち明けた途端、政権への好感度が跳ね上がったじゃありませんか」

「だからそれは退陣すると言ったからだよ。日本人ってほんと、去りゆく者には優しいねえ」夢見るように、総理は握りこぶしの上に顎をのせてうっとりと夜空を眺めた。それから突然、岩の上で踊り出した。

「総理。危ない」

思わず大声を出した皆無に、総理は踊りながら叫ぶ。「この、まるで映画のBGMのようにどこからともなく聞こえてくる曲は『ギャンブル・ブギ』と言うんだが、君はIR法案に反対だったね」

「でももう成立しちまいました。最初のカジノはどこへお造りになりますか」

「犬小屋みたいなものになるだろうからどこでもいいが、横浜にしてやろうかな」

「総理。そいつは『トラブル・ブギ』になりますぜ。それより総理、近場でカジノと言えば韓国になりますが、見学には行かれましたか」

「行っとらん。『ハングル・ブギ』とか『チョソングル・ブギ』とか言わせるつもりじゃないだろうね」

「ねえ総理」つくづく不思議そうに皆無は訊ねる。「総理はなぜそんなに面白いのに、普段のお話は面白くないんですか。それもやはり、面白くてはいけないからなんですか」

総理はまた岩の上にしゃがみこんで皆無を指差す。「だってそれは君がやけくそだからだよ。だからぼくもやけくそになれる」

皆無はすすり泣いた。「春高楼の花の宴。めぐる盃欠け徳利」

「桜見る会招待状。めぐる総理の椅子取りゲーム。しかしまあそんなことは、コロナ騒ぎで何もかも御破算御破算。あははは。デウス・エクス・コロナじゃわい」

迷いを振り切ろうとするかのように皆無は頭をぐるぐる回した。横に回したのではなく縦に回した。「総理はいったい、今の総理なんですか、前総理なんですか」

総理はちょっと考えた。「同姓同名の登場人物をふたり以上出すのは読者を瞞着するショート・ショートかミステリーを意図しているのではない限り小説としては反則なんだがね、しかし総理という固有名詞はないから、どちらでもいいんじゃないかな」

皆無は顫えながら言った。「第三の可能性もありますね。総理が、つまりあなたが、キツネであるという可能性。だってあなたはそんな岩の上で飛んだり跳ねたり」

「前総理か現総理か。佐藤忠信かキツネ忠信か、はたまた浅野忠信か。いずれも似たようなものと言いたいのかね」

「いいえ違うんです。似ていないからこそ似ているところが嬉しいんです」

「それはよくわかるよ。青春時代のことだがね、モンブランの万年筆を買おうと思って文具店に行き、間違えてブルーマウンテンを見せて下さいと言ったことがあった。ところがなんと、ちゃんとモンブランを見せてくれたんだよ」総理は皆無に頷きかけた。「これをどう思うかね」

「総理はいい家の坊ちゃんだったんだなあと思うだけですよ。少なくとも農家の出なんかじゃないとね。ああ総理。ノーベル平和賞をお取りになりましたね。おめでとうございます。今のお気持ちをお聞かせください」皆無が大勢の記者団の先頭に立って訊く。

「まあ、嬉しいと言うと嘘になるが」

記者たちがどよめく。「えっ。えっ。嬉しくないと言えばじゃなくてですか。じゃあ、嬉しくないんですか。なぜですか」

「不幸だからだよ」

「なぜ不幸なんですか」

「こんなインタヴューに答えなければならないなんて、不幸以外の何ものでもない」

「インタヴュー嫌いの総理なんて、前代未聞ですよ」

「あはははは。インタヴューが好きな総理なんているもんか」

突然カメラマンを中心にしたクルーがあらわれ、総理と皆無の前に立つ。

皆無は張り切った。「総理。最後の質問です。まともにお答えください。解散はいつなさいますか」

岩から降り立ち、カメラに向かって総理が言う。「解散はしません」行きかけて振り向き、繰り返して言う。「解散はしません」行きかけて振り向き、繰り返して言う。「解散はしません」行きかけて振り向き、繰り返して言う。「解散はしません」

「わかりました、わかりました」皆無がうんざりしたように訊ねる。「しかし今の繰り返しは何ですか」

「編集の手間を省いてやったんだ」

# 本質

インフルエンザの流行で宏一の小学校が休校になってしまい、信子は会社に行けなくなった。小学一年生の息子はまだ自分で自分の面倒が見られない。

「しばらく休ませていただけませんか」

電話で常務にそう言うと彼は泣き声で言った。「長部部長。困りますよ。毎日の会議、あなたに出ていただかないとどう仕様もないんです。息子さん、誰かに預けるわけにはいかんのですか」

この人はもともと主要取引銀行から派遣されて来た畑違いの人だったんだ、と、信子は改めて思った。彼女の助けがないとこの常務は会議について行けないのである。「実家は香川県ですし、関東近辺に親戚はおりませんし」

「困ったなあ」常務は脳天から突出するような声で慨嘆した。本当に困っていた。「貴女《あなた》しか助けてくれる人はおらんのですよ。他の部長はみな私を馬鹿にしていて」

信子も困っていた。夫の急死以来、最も困る事態になったのだ。「それじゃ、息子を会社に連れて行っていいですか。それ以外に方法はないようなんですけど」

「それはまあ」仕方がない、と言いかけて常務は口籠る。「息子さん、おとなしくしてるんでしょうな」

「暴れたり走りまわったりはしません」信子はさほどの自信もなく言った。「もう小学一年生ですから」

「じゃ、重役たちにはそのことを断っておきます」ほっとした様子である。

休校当日、信子は宏一と共にタクシーで社に向かった。信子が勤める食品化学工業の会社は都心にあり、高層ビルの中層四階分を占めている。エレベーターを降り、自室に入ると、初めて母親の勤務先にやってきた宏一は眼を見ひらいて広い室内を見まわし、窓から地上を見おろした。

「ママ、凄いんだ」

さまざまな事後報告などは自宅で済ませている。忘れていた指示をパソコンに打ち込んでから信子は宏一を従えて同じ階の会議室に向かった。重役会議はもう始まっていた。常務の横の椅子ふたつが信子たち用に空けられている。常務が黙って顎だけで示し、親子は並んで掛けた。出席者は社長、専務、常務、企画室長、工場長など十人足らずである。彼ら全員が親子をちらりと見て、社長から聞かされていたらしく二人に話しかけるでもなく取り立てて話題にするでもなく、会議を続けた。

専務が話し続けている。「分解ガソリンの精製法が悪いんじゃないかとも思われます。もともとのプラントの設計の段階で問題があったんじゃないかなあ」

若い企画室長が言った。「ナトリウムブランバイトの溶液はたいていタマネギ状の集団で生じてるんです。あの悪臭のもとは微細な球状体ですから、非常に厄介なんです」

「あれはさあ」両者を宥めるように苦労人の社長が言う。「設計なのか機械設備なのか、その機械設備の運転なのか運転に必要な装置なのか、まだよくわからんのだろう」

工場長が身を乗り出した。「つまり、原因は人間かも知れんと」

しばしの沈黙があり、常務が信子に顔を寄せ、小声で訊ねる。「社長、まずいこと言ったの」

「いいえ。問題点を拡大されただけです」

そう答えたついでにそっと息子の様子をうかがうと、会議というものを初めて見る宏一は珍しげに発言者の様子を眺めている。信子が恐れているのは息子が退屈だと言ってむずがり出すのではないかという心配だったが、今のところはまだ大丈夫だった。このまま最後までおとなしくしていてくれるようにと信子は願った。

気を取り直した様子の専務が、禿げあがった額にうっすらと汗を浮かべて喋り続けている。「ブリックス計によっては液中の重量パーセントが違ったりする。だからそれが規定の温度を示しているのかいないのか、つまりはブリックス度が示されているのかいないのか、あるいはそもそも常用対数としてのブリックス対数が問題なのか、と、いうことだよね塩崎君」

若手工学者の塩崎が落ちついて答えはじめると、なんとなく彼が気に食わないといった態度で工場長がそっぽを向く。

「溶液に呼吸させるための装置としてはブリックス平衡装置に間違いはないでしょうね。これはだって圧力平衡器や濾過器などからできている訳ですから。液体濃度計の目盛が器具ごとに違うということもあり得ないし」塩崎が薄笑いをしながら言う。

「液中の蔗糖の重量パーセントが違っては大変だよ」社長も笑いながら言う。「食品会社が困ってしまう。スクロースは低カロリーにしやすいからね。親爺から聞いた話だけど、昔は甘味料と言ったら人工甘味料のことだった。今とえらい違いだ」

工場長が咳払いをした。「ええと社長、ジャムにする時とシロップを作る時とでは蔗糖溶液の重量パーセントが違ってきますので、濃度計は細工しなけりゃならんのですが、これは人間がやるわけです。そしてこれは人間がやらなきゃならんのですよ。なぜかというと副産物のモラセスを取り出さなきゃならんからです。シロップと違って廃糖蜜はご存知のように食品工業ではなくてはならんものでして」

「でもまあ二次的でしょう」企画室長は言った。「いちばん大事なのは、社長がおっしゃったような昔の、ただ甘ければいいというのではなくてそれとは逆に、現在では甘味をどこまで抑えるかにあるわけです。そこで考えるべきなのはヘルムホルツ流の自由流線や渦面をどう変えるかでしてね」

「いやいや。ヘルムホルツ波はもともと不連続性があるから」と専務が意気込んで叫ぶように言う。「等質な糖質の波のそもそもが不安定な波なんだから」

「よろしい。よろしい。わかったわかった」と、社長が負けじと大声で言う。「あれはだね、液体力学的な不安定なんだ。運動エネルギーを消費しとるんだ。だからヘルムホルツのポテンシャル関数であいつは自由エネルギーに簡単に変えられるんだ。そうだろう塩崎君」

「ええ。それはまあ」工場長をちょっと気にする様子で塩崎が曖昧に答え、有機化学の世界で流行していたらしい冗談にまぎらせて言う。「さりげなくさりげに、サリゲニン。あははははは」

「えっ。サリゲニンって、アルコールの一種だよね」常務が余計なことを言った。

ああ、と、のけぞりそうになったついでに信子は宏一の様子を確かめた。彼はまださほど退屈していない様子である。

「ヘラクレストラップを作り変えて検査に応用できないかな、と考えているんですが」塩崎が名誉挽回のためか、とんでもないことを言い出した。「あれは液体トラップですから水より重い物質すべてに使えます」

「ああそうか」分子化学に強い専務がただちに理解した。「それ、やってみてくれないかなあ」

「どうかね」社長が工場長に尋ねる。

「いいと思いますが」工場長が気乗り薄に言う。

信子が隣席の常務に耳打ちした。何か喋らせなければ不味いと思ったのである。

なるほどそうかと大きく頷いた常務が、信子に言われた通りの発言をした。「これでとりあえずの方向性がはっきりしてきたようですな、社長」

「そう。ひとつの進歩だろうね」社長が感謝の眼で常務を見た。「じゃあまあ、続きは明日ということにするか」

なんで明日なの、と思いながら信子は今日の会議の要点をメモした。出席者はなんとなくほっとした様子で、社長にならってのろのろと立ちあがった。常務だけはまだ椅子に掛けたままで、去って行く重役たちを見送っている。信子はメモを見せながら簡単に今日の議論の流れを説明した。

常務は頷いて言った。「長部君。明日もよろしく頼む。明日も大丈夫だろうね」そして不安げに宏一を見た。

「ご覧の通りです」信子は宏一の方へ顎をしゃくって見せた。「大丈夫だろうと思いますわ」

常務が出て行くのを待ち、会議室に誰もいなくなると信子は宏一に言った。「疲れたでしょう。じゃあ、行こうか」

「うん」

親子が部長室への長い廊下を並んで歩いている時、信子を見あげて宏一が言った。「ママ、大変だね」

何を生意気な、と思い、いささか強い口調で信子は訊ねた。「どうしてよ」

「だって」と息子が言う。「あの人たち、アホでしょう」

# 羆

（注）「羆」はヒグマと読みますが、この作品ではただクマと読んで下さい。

山に食い物がなくて冬眠できない羆が人里に下りてきての、それでも食い物がないので人家に入ってきての、人に見つかって騒がれての、しかたがないので人間を襲うなどという、そんな事件がやたらに増えておるからわしらも注意しなければならんぞ。いやいやこの辺りは里山だらけ、いちばん警戒しなきゃならんのはわしらじゃわい。

ズンドコ芋が人を殺すのを見て、直ちにこれを悪い植物だと断じてはいかん。時には羆を退治てくれるからな。ズンドコ芋の蔓は人にからみついて殺すが、芋そのものは冬の間腐りもせず地中に残っていて、食い物に困った羆がこれを掘り出して食べて、もだえ死にする。

正。どうした。久しぶりじゃないか。なんじゃ鉄砲なんか持って。何っ。羆が出たか。ど、どこに出た。弥吉の庭に出たか。わあ。すぐ近所ではないか。留子、鉄砲を持ってこい。それからな、わしは正と一緒に行くからな。わしが出たあと、雨戸を全部閉めて戸締まりをよくしておくようにな。この戸は古いから、羆に体当りされたらひとたまりもないわい。

羆が食うようにズンドコ芋をその辺に出しておいたらどうかだと。いやいや、あの芋は自然に生えておって、そこいら辺で簡単には見つからん。他の芋みたいに大量に栽培したりはできんのだ。だいたいが芋の種類ですらないのかも知れん。見つけても掘り起こすのが難儀でな。蔓に巻きつかれたら一巻の終わりじゃて。

おい正、出たのはこの辺か。おお弥吉。羆を見たか。お前は見ていないのか。そうか。誰が見た。で、どっちへ行った。そうか八幡神社の境内に入ったか。うわあ。厄介な場所に入りおったなあ。あそこの森に入られたら見つけるのが難儀じゃ。弥吉。お前も来い。ああ。それから下田の儀助も呼べ。あいつも猟友会じゃ。そんならいったん境内から出よう。この畠で皆と待ち合わせよう。

何っ。境内から出たとな。こっちへ来るのか。恐ろしや。ここいら辺からちょっと避難するか。わあ。ここはもう三軒家の手前じゃないか。こんなところで羆と鉢合わせした日には命がない。ちょっと、ちょっと待ってくれ。足ががくがくして前へ進まん。情けないが怖いわい。もう、おっかないわい。膝が顫えて立ってられんがな。ええいもう。情けないわい。

言うておくがな、羆を見ても銃をぶっ放してはならんぞ。こんなものは気休めじゃからな。あくまで空に向けて威嚇射撃するだけじゃ。もし羆に命中したとしても、クマはクマでもあいつはヒグマじゃ、あいつの毛皮は脂でこてこてに塗り固められたみたいになっていて、銃弾など跳ね返しおるんじゃ。山へ追い返す前に手負いになったりしたらえらいことぞ。鼻に命中でもしようものなら気が狂ったように暴れまわって、そうなったらもう手がつけられんからな。二年前にお佐都さんが殺されたあの手負いの親爺でなきゃいいがのう。

そのお佐都さんの家じゃないか。あの婆さんの娘、家の中におるのか。おっ。お艶さんじゃ。これ。家の中に入っていなさい。羆じゃ。なんて声を出す。人間の声で逃げたりする程度のやつならよいが、近くにいたらぐわっと躍りかかってくるぞ。静かにせい。静かにせい。戸を閉めて心張り棒をつっかえい。おい弥吉。裏庭を見てこい。正も行け。何じゃと。いやじゃと。そりゃ、わしじゃとていやじゃわい。目の前に出たらどうする。覚悟するしかなかろうが。

儀助来たか。頼りにしとるぞ。お前は親爺と二回も会うて二回とも助かっとる。逃げ方があるのか。そうか。裏庭を見てきてくれるか。おいおい。皆で行くな。正。お前まで行くな。お前はわしと一緒にここにいてくれ。心細いわい。

わああ。あれは羆の声じゃ。誰か人間が悲鳴をあげておるぞ。人の悲鳴を聞くというのはなんでこんなに怖いもんかのう。恐ろしいわい。しょしょしょしょ小便が出た。弥吉っ。羆を見たか。何。役場の方へ行っただと。えらいことだ。あそこには仰山人が来ておるし、役場に勤めとる人間は半数以上が娘っ子と後家さんじゃがな。こりゃまあ、死ぬ気で行って守ってやらなきゃならんぞ。

ようし。お艶さん。いいものをくれた。よくまあズンドコ芋なんて持っておったなあ。そうか羆よけに取っておいたのか。頭がええのう。さてこいつをどう使えばええかの。行くぞ正。弥吉。儀助。さあ行くぞ。さあ行くぞ。誰か先に行け。何。少し離れて行った方がいいとな。そうじゃ。そんならお前ら先に行け。わしは正のちょっとだけ後ろから行くわい。

何。役場にはもう誰もおらんのか。そうかそうか。皆逃げたか。おう佐竹さん。皆はどこへ逃げた。そうか小学校の体育館ならまあ安心じゃ。今日は小学校は休みだしな。まあクラブ活動の生徒が少し来ておる心配はあるが。あんた羆は見たか。えっ。見たのか。そうか。でかい奴か。本当か。そんなら儀助が遭うたあの親爺か。わあ本当か。どっちへ行った。あっちじゃと。あっちなら小学校の方じゃないか。よし。役場の裏から小学校へ行こう。校庭で待ち伏せじゃ。しかし親爺とはなあ。こりゃまあ、おっかないことになったなあ。もし小学校へ出たら、子供が来ているかもしれんから、何としてでも追い払わにゃならん。よし。この校庭への入口のここへズンドコ芋を置いておこう。もし親爺がこれを食うてくれたら助かる。手間要らずでもだえ死にしてくれるからな。

正。お前は校舎の横でわしと一緒に隠れておれ。ここでしゃがんでいて、弥吉が合図したら大声で飛び出していって撃つからな。わしと一緒に撃て。ばんばん撃つからな。あくまで威嚇射撃とか言うてはおったが、いざ親爺を目の前にしたらやっぱり撃ってしまうわい。おおっ。ありゃあ儀助の声だぞ。

親爺じゃあ。親爺じゃあ。

親爺じゃ。親爺が来た。あかん。立てぬわい。これは腰が抜けたということか。立てんがな。ほほほほほ。情けないことになった。親爺が来たんじゃ。正。肩を貸せ。弥吉。どうした。親爺はどこにいる。何。校庭でズンドコ芋を食うておるのか。そうか。そうかそうそうか。しめたぞ。あれでもだえ死にじゃ。狂い死にじゃ。儀助。何じゃ。何じゃ。どうした。あの声は親爺の声か。何を吠えておるんじゃ。ズンドコ芋を食うて荒れ狂うておるのか。死なんのか。校舎に入って行ったんだと。しもうた。手負いにしてしもうたかな。ズンドコ芋ひとつくらいでは親爺、死なんのだ。

今、用務員の小林に聞いたら、街道の方へ走って行ったと言うておったぞ。街道にはいろんな店があるから、どこへ行かれてもえらい騒ぎになる。狂うておるから人を襲うぞ。ああ。それはもう、確実に襲う。しかたがないな。行かにゃあならん。それが村の為ではあるし、とどのつまりはわしらの家族の為でもあるしな。

走りまわってふらふらじゃ。息が切れる。ここはどこじゃ。肉屋の裏あたりか。すごい声がしたな。儀助。儀助。あれは親爺の吠える声か。そうか。わしは恐ろしいわい。ここでじっとしておるからな。わしゃもう動けんからな。ああ行け。あんたも行け。あんたらは勇敢じゃ。

あーっ。みんな行ってしまいおったがな。わしゃ一人じゃ。心細いがな。わあ。また親爺の吠える声。いかん。これは近いぞ。ここの表じゃ。肉屋に入ったのではないか。いかん。肉屋に入ったのじゃ。中で暴れておる。あれは肉屋の女房の悲鳴か。何ちゅうはしたない声じゃ。恥ずかしげもなく泣き叫んでおるがな。取り乱して喚き立てておるがな。そうか。そんなに恐ろしいか。そんな声を聞いたらわしまで恐ろしいわい。たははは。逃げようにも膝ががくがくして立てんわ。誰じゃ銃を撃ったのは。また撃った。窓ガラスが割れたから、空へ向けての威嚇射撃ではない。あんなに羆に向けて撃つなと言うておいたのに。また撃ちおった。馬鹿。馬鹿。

悲鳴をあげとる。正か。弥吉か。親爺に襲われたのか。儀助。なんとかしてくれい。こっちに近づいてくるじゃないか。すぐそこの裏口から出てきたらどうする。うわ。裏口に誰かがぶつかりおったわい。めきめきどたばりばりなどとえらい音じゃ。こりゃもうこの裏口、壊れるぞ。

あーっ。わしゃ下痢をした。あんまり恐ろしいので下痢してしもうたがな。下穿きの中へぷすぶすばりばりぶりぶりぶちゅぶちゅぶちゅぶちゅと大量に出してしもうたがな。からだの下半分、びちょびちょじゃわい。これは臭い。これは恥かしい。正にも弥吉にも顔向けできんがな。

静かになった。この裏口の向う、もう誰もおらんのかな。親爺は死んだか。そんならなんで他の者の声がせんのじゃ。肉屋の女房は殺されたか。儀助は死んだのか。静かになったら静かになったでまた恐ろしい。これはこれでまた怖いわい。みんな、親爺を追ってまたどこかへ行きおったか。ここへさしてこの裏口がばあんと開いて誰か出てきたらそれが人であろうが親爺であろうがわしゃもう失神じゃ。どうせこんな有様では恥ずかしゅうて誰に逢うこともできんしなあ。家に帰るとするか。やれやれ。恰好悪いことよなあ。わしのこんな有様を見て、留子のやつ、嗤うじゃろうなあ。あああ。情けないことになったもんよなあ。

# お時さん

その頃はいつも帰宅の道すがら、「夕暮に仰ぎ見る輝く青空」と歌いながら歩いたものだったが、人がたくさん歩いているところでは歌えない。そんな折、途中の公園の中に森があり、中に一本、道が続いていることに気づいて、こんな都会の真ん中に森があるのは珍しいと思い、この道を通れば近道ではないのかと思いつき、そうだこの森を抜けて行けば途中「私の青空」だって大声で歌い放題ではないかとも考えたのだった。

森は案外深かった。近道だと思っていたのだが、すぐにどこを歩いているのかわからなくなってしまった。それでも一本道だ、どこかへは出るさと高をくくって歩き続ける。歌う気はなくしていた。

前方に、あきらかに街灯ではない明かりが見えた。まさか、と思いながら近づくと、そのまさか、まさかの赤提灯だ。なんでこんな森の中に居酒屋が、と思ったが、考えてみればここは都会のど真ん中だ。隠れ家じみたこんな店に通う男がいてもおかしくはない。店は和風でほんの五、六坪の二階家だ。二階は住まいになっているのか、ぼんやりとした明かりが障子窓から洩れているだけである。

その店の横まで来ると、おそらく客を送り出したあとでもあるのだろう、縄暖簾の格子戸に近づこうとして立ち止まった和服姿の女がこちらを向いた。眼が合い、彼女はにこやかに笑って言った。

「清三さんじゃないの。久しぶりだねえ」

「お時さん」懐かしい人だ。何年ぶりになるのか。あいかわらずの美しさである。

「まあ、お入りな」お時さんは戸を開けてそう言う。

わざわざ訪ねてきたわけではない、ここへ来たのは偶然なのだと言おうとしてどう言えばいいかわからず、彼女に続いて縄暖簾をくぐり、店に入ると誰もいず、そこは片側に白木のカウンター、反対側の障子窓に寄せた壁際にやはり白木のテーブル席が三つ、それぞれ四人掛けという、よくある造りだ。あっ。ここは。

「そうよ」と、お時さん。「懐かしいでしょう。銀座の『重松』と同じ造りにしたのよ」

そうだ。銀座にあった『重松』だ。よく飲みに行ったものだったが、いつから行かなくなってしまったのか。

まあお掛けなと言うのでカウンターに掛けると、やはり今まで客がいたらしく空のグラスや小鉢があった。それを手早く片付けるとお時さんは付け台にグラスを出した。おれの好みの、ハイボール用バカラだ。そうだそうだ、お時さんは『重松』にいたのだった。してみると『重松』はもうなくなったのか。訊ねようとしてもお時さんは忙しげに立ち働いていて時おりおれに色っぽい流し目をくれ、笑いかけるのみである。

小鉢は筑前煮、小皿は鰺の南蛮漬、お時さんはおれのハイボールを出すと赤ワインのグラスを手にしてカウンターをまわり、隣に腰かけた。「何年ぶりかしらねえ」

「何年になるかなあ」そして昔ばなしになった。

それから何を話したのか、もう憶えていない。ちょっと飲んだだけでたちまち酔いがまわってしまったのだろう。何杯飲んだのか、勘定はどれくらいだったのか、どれほどの時間いたのか、記憶にないのだ。おそらく三杯ほどだったろうし、三千円にはならなかったろうし、一時間もいなかっただろうと想像するだけだ。男女三人連れが入ってきたのを機に立ちあがったこと、送り出しながら最後に色っぽい眼ですがるように「また来てね」と言ったことはしっかり憶えている。

なのになぜ、あれから行かなかったのか。あの店の名前も知らなければ電話番号も知らない。だけどあの公園へ行けば一本道、いつでも行けると思って行かないのか。しかしお時さんには逢いたいのだ。逢いたくてしかたがない。ああお時さんお時さん。源氏名だけしか知らなくてフルネームは知らない。まあそれは当り前でもあるのだが。

　そんな思いを会社の喫煙室で会った相川と野口に打ち明けたのだった。もう部署は違っていたが二人とも入社以来の飲み仲間で、連れ立ってよく『重松』へ行ったものだ。あの公園の森の中での体験を話すと、ふたりは首を傾げた。

「あんなところに居酒屋なんてないだろう。お前、騙されたんじゃないのか。そいつは狐狸《こり》妖怪の類だぜ」あいかわらずのくぐもった声で相川が笑いながら言う。

「だけど、狐や狸の類がだな、なんでお時さんに化けるんだよ」おれはむきになって言った。

「狐や狸がお時さんなんて知らないだろうが」

「いやいや。化かされるというのはそういうものなんだよ」野口がいつもの甲高い声で頷きかける。「自分の近親や知りあいに化けた狐に騙されるというのはよくある話だ」

「やめてくれ」おれが笑うと、ふたりは顔を見あわせた。

「あの『重松』はだいぶ前になくなったって聞いたけど」ちょっと真顔になって相川が言った。「あの店にお時さんなんて人、いたかなあ」

「えっ。お時さんを憶えていないのか」おれは驚いて野口に質した。「お前は憶えているだろう。ほら。あのお時さんだよ」

「いや、おれも憶えていない。そもそも他にどんな女がいたかさえ憶えてないんだ」

『重松』がとうになくなっていたことにも驚いたが、それよりもあの美しいお時さんを二人が揃って憶えていないことにもっと驚き、おれは思わず吐息とともに「参ったなあ」と口にした。

野口がおれを見た。おれは相川を見た。相川は天井に煙を吹きあげた。

銀座からいい店がなくなっていくことを嘆きながらその時は別れたが、以来三人が揃って逢うこともなくなった。野口は総務部次長になり、相川はロスの支局長になり、おれは毎夜のように接待を仰せつかり、一緒に飲めるような同僚はいなくなってしまった。接待したりされたりの席から直接タクシーで我が家に帰ってくることが多くなり、あの公園の森の中の、何というのか名も知らないあの店からはますます遠ざかった。以前のように、たまに電車で近くの駅まで帰ってきた時も、暗い公園に入るのがなんとなく怖いのでやはりタクシーを拾ってしまう。もうさほど若くもないのだった。

だからと言ってお時さんに逢いたい気持は持ち続けていたのだ。そしてあれは何年前になるだろうか、公園の前まで来ていることに気づき、よしと決心して森に足を踏み入れたのだった。街灯に白く照らされたあいかわらずの一本道。あの店はほんとにあったのだろうか。相川や野口が言うように狐狸妖怪の仕業だったのだろうか。もしほんとにあの店もお時さんも存在しないのだとわかった時の衝撃を思い、だから今まで来なかったのではないのか。恐らくそうなのだろう。しかし今、森に入ってきてしまった。お時さんのあの蠱惑的な笑みを思い出し、あの妖しい眼の光はやはり狐、などと思ってちょっと足がすくんだりもしながら、ついに居酒屋の前にやってきた。

赤提灯には『重松』と書かれていた。そうだ。やはり『重松』だったのだ。思い出したぞ。恐らくその後を継いで『重松』そっくりの造りにしたんだから当然『重松』ではないか。当り前すぎて思い出さなかっただけなのだった。少し安心して縄暖簾をくぐり、格子戸に手をかける。

その時、店内の笑い声におれは硬直した。その笑い声は複数の男たちであり、その中にお時さんの笑い声も混っているのかどうかはわからなかった。しかしその男たちの笑い声が相川や野口の声に思えたので、おれは手を引っこめたのだ。もし相川や野口だとすれば当然自分を笑っているのであろう。彼らはおれに対して何かを共謀しているのか。彼らもまた狐狸妖怪の類であったのだろうか。何を馬鹿な。被害妄想だ。

思い切ってがらり、と、戸を開けてしまえばよかったのかもしれない。しかし開けられず、おれは道に引き返した。そして足早に我が家の方向へと歩いた。大通りに出た時、なんとなくほっとしたことは憶えている。

それ以後、あの公園に入り、『重松』に行くことはなかった。もう何年になるだろう。おれはずいぶん歳をとり、もとの会社から転職した。相川が退職し、野口が死んだということを聞いたのもだいぶ以前になる。散歩がてら公園に行ってみようかと思うこともないではないが、行かないであろうことはわかっている。

お時さんに逢いたいと思うことは今でもある。ああお時さんお時さん。そして『重松』はまだあそこにあり、お時さんはまだあそこにいるのだろうか、そしてそして、あの妖しい光を眼に湛えて微笑んでいるのだろうか。

# 楽屋控

若松孝太郎は若手の作家でそこそこ人気もあり、若い頃素人劇団にも加わっていたので演技力もあった。さらには文壇でも一、二を争う美男子だとも言われていたのだ。だから映画出演の提示があった時もさほどの驚きはなく、多少怖気づいたりはしたものの、とにかく何ごとも経験と、出演料の安さにも我慢して承諾した。

映画は大企業の内紛をテーマにしていて、孝太郎はいざこざの中で美人社員を片っ端から口説き、さらなる内輪揉めを呼ぶという役だ。脚本を読んだ限りでは二枚目半として型通りの演技をしていればよく、変に凝った演技をする必要はないと思われた。衣装合わせの時も監督は孝太郎を見てうん、うんと、満足げだった。ただ同席していた助監督の、孝太郎と同年輩に見える一人だけは、他のスタッフのように彼を「先生」と呼ぶことには抵抗があるようで、いささか無理をして「若松さん」と言い、そのたびに孝太郎を睨みつけるようにするのだった。

撮影の初日、衣装合わせをした時と同じ都内のスタジオに行くと、案内された楽屋は大部屋だった。鏡の前の壁際に化粧台は並んでいるものの化粧室でメイクアップをされたあと単に出を待つだけの部屋であり、男女の役者十数人が大きな部屋のあちこちで駄菓子やペットボトルの飲み物などが置かれた中央のテーブルに向かい、雑談している。一人だけの楽屋を与えられているのは主役級の六人だけと聞かされれば文句は言えない。

皆から「遠藤さん」と呼ばれているあの助監督がやってきて役者の誰彼に出番を告げ、役者たちはそれに従ってスタジオのセットに向かい、戻ってくる。それにしても、出番を待つ時間のなんと長いことか。楽屋で一時間半待たされ、やっと出番になって数人の役者と一緒にオフィスのセットへ入り、科白なしのカット、ただ何人かでオフィスに入ってくるというだけのカットを撮り終え、また楽屋に戻って今度は三時間待たされたのである。これはかなわんな、と、孝太郎は思う。他の連中は俳優同士の雑談をしながら平然として出を待っているからこれが常識らしい。しかし孝太郎には話し相手がいず、誰かが話しかけてくることもない。一度だけ孝太郎の本を読んだことがある中年の女優がそう言って話しかけてきただけだ。

やっと科白があるシーン二カットを駄目出しもなく撮り終えてその日は終ったが、孝太郎はへとへとに疲労した。待つことがそれほど疲れるものとは思っていなかったのだ。これはいかん、頼まれている短篇を書かねばならないし長篇の連載もふたつ抱えている、あの待ち時間がなんとしても惜しいし時間の無駄でもあると思い、次の日孝太郎はノートパソコンを持ってスタジオ入りした。

「若松さん。何をしているんですか」遠藤が眼をいからせてやってきた。

短篇の出だしを書いていた孝太郎は驚いて遠藤に言った。「急ぎの原稿を書いているんだ」

「やめてください」吐き捨てるように遠藤は言い、反感のこもった眼で孝太郎を睨みつけた。「あなたがたとえ作家であろうと、ここでは皆と同じ俳優です。あなただけがほかの仕事をしては困ります」

「じゃあ、どうすればいいの」孝太郎は笑いながら言った。「待ち時間が長すぎるんだよね」

「だから、役作りをしてください」遠藤の眼が据わっていた。「俳優なら皆、そうしていま す」

皆だって。孝太郎は周囲を見まわした。多くの役者がセット入りしていて、残っているのはテーブルの端で話し込んでいる男優四人だけだった。

「役作りかあ」笑いながら孝太郎はノートパソコンを閉じた。言い争いをするほどのことではない。

「お願いします」そう言い捨てて遠藤は大部屋から出て行った。

孝太郎は吐息をついた。なんだあいつは。役作りだと。新劇出身かあいつは。今までに読んだ映画監督の座談によると、たいていの監督は自分の映画に出演させる俳優に役作りなど期待していない。その俳優の個性を見て配役しているのだから、変に役作りなどされると見当はずれの演技をされてしまうことになる。ベテランならともかく、新劇出身の若手俳優の多くにはそうした弊害があるのでなるべく使わないようにしているという監督も多い。

ふたたびノートパソコンを開く気もせず、孝太郎は喫煙所に向かった。今日も煙草の喫いすぎでまた咽喉が痛むだろうなあ。その日はやっと本格的な出番が来て、それは下請の会社の社員二人がやってきて孝太郎と打合せをし、さらに彼らが悩んでいる孝太郎の同僚の無理解を訴え、孝太郎はそれを宥めると同時に敵方の重役を陥れる策略の一環として彼らを味方に引き込むというシーンだ。監督は孝太郎の演技に満足げだったが、遠藤は孝太郎が自席に向かいながら話し始める演技に文句をつけ、椅子に掛けてから話し始めるべきだと言ったりもした。どうでもいいことであり、監督が撮り直しを命じることはなかったものの、遠藤は血走った眼で孝太郎を睨みつけ続けていた。

あいつ、なんでおれを目のかたきにするのかなあ、と孝太郎は思ったが、小説家に反感を抱く者は他の世界にも存在し、それはたいてい自身が過去に小説家を志していて、挫折したからなのだった。遠藤もそうなのだろうと思い、俳優たちの雑談からどうやらそれが正解であるらしいことを知った。

次の日は書評を頼まれている小説を一冊持って楽屋入りをした。初日に本を読んでいる女優を一人目撃していて、なるほどなあと思っていたからだ。だが、まさか読書まで禁じられようとは思わなかったので孝太郎は驚いた。目の色を変えてやってきた遠藤は嚙みつくような勢いでこう言ったのだ。

「あんた。やめなさいよ。本なんか読んでいてどうするんですか。演技に影響するでしょうが」

もはや「若松さん」ですらなく「あんた」である。さすがに孝太郎も腹を立てた。「読書くらい、させてくれよ。演技とは次元の違う話だろう」

「違い過ぎるでしょうが。それ、歴史物でしょう。そんなもの読んでいて、突然セット入りして、まともな演技ができるんですか」

「それ、言い掛かりだろ。こっちは書評の対象の書物を過多な感情移入をせず理性的に読んでるんだ。切り替えはできるさ」

書評、と聞いて遠藤はほとんど逆上し、唾を飛ばした。「書評だって。そんなら仕事じゃないか。仕事じゃないか。いくらあんたがほかの小説家の本を書評するほどの偉い作家さんかどうか知らんけどね、ここでは俳優なんだ。楽屋でほかの仕事しないでくれよな。ほかの俳優さんに示しがつかんだろうが。ここでは俳優らしく、役作りしてくれって言ってるだろ。役作りをさ」

新劇出身の映画の助監督としてはそれが正論なんだろうな、と、孝太郎は思った。楽屋にいた他の数人の男女優たちが驚いてこっちを見ていた。噂になって変なゴシップを流されたら迷惑だと思い、癪ではあったが孝太郎は音を立てて乱暴に本を閉じた。自分の無礼な言い方をさすがに恥じる様子の遠藤は、そのまま黙って楽屋を出て行った。

その日は新たに主役級の重役を加えて昨日の続きの三カットを撮り、そのシークエンスを撮り終えた。そのあと一時間半待たされてオフィスでの社員たちを俯瞰で撮り、二時間待たされてその日は役者が揃わず中止。作家としての仕事は住まいのマンションに戻ってからとなる。

翌日、孝太郎はスタジオ入りするなり、楽屋に残っていて一人で出待ちをしている女優を、初日に孝太郎の本を読んだというあの中年の女優も含めて片っ端から口説きにかかった。そんなに言うなら役作りをしてやろうではないかというわけである。撮影が終わったらぼくにつきあいませんか。貴女がこの間出ていたあのテレビドラマを見ましたよ。演技力があってあんなに魅力的なんだから貴女はすばらしい女優さんだ。ねえ。お酒飲めるんでしょう。一杯奢らせてくださいよ。あなたの出ているドラマ、ずっと前から見てるんです。大ファンです。あの遠藤の愛人だと噂されている若い女優にも声をかけた。あなたと共演できるなんて夢みたいです。今夜お食事に誘ってもいいですか。そして彼は有名な料亭の名を出して言った。あそこへはよく行くんですよ。今夜あなたがご一緒してくださるのなら予約します。あそこ顔がききますのでね。一般人や下っ端女優にとってはとても手の届かない高級料亭だ。

さすがに断れず彼女は躊躇した。もう少しで同行を承知するという時、誰かが楽屋での孝太郎の言動を耳打ちしたらしく、遠藤が血相を変えて楽屋に飛び込んできた。

「あんた、何してるんだ」

孝太郎は笑いながら、ここぞとばかり遠藤に向きなおる。

# 夢工房

老人ホームのロビーに入り、ソファに座っている薄汚い老婆たちを見て黒小路玄五郎爺さんは叫んだ。「ひやーっ。いずれがあやめか、かきつばた」

「ヤバい」家出少女がそのまま歳をとった金剛インコ婆さんが腰を浮かせた。

「こういう男は昔からいたんだよ」端役女優だった沓脱明日香婆さんが言う。「若い癖して老婆にしか性欲を覚えないって男がさ」

「ヤバい」と、インコ婆さん。

「これからの毎日が楽しみじゃ」玄五郎のにたにた笑いが次第に大きくなる。「酒池肉林じゃあ」

「ヤバい。ヤバい」と、インコ婆さん。

「肉林はともかくとして」ホームの職員、中年の須賀聡子が言う。「お酒は禁じられていますからね」

「はい、カット。インコちゃん、なかなかよかったよ」メガホンを置いて黒林恵作爺さんがそう言った。

「恵ちゃんは映画監督になるのが夢だったもんねえ」金剛インコ婆さんがそう言ってほっと吐息をつく。

「では、ちょっと休憩しようか」

だいぶ疲れた様子で恵作爺さんが言うと、やはり疲れた様子の婆さんたちが四、五人、ロビーから立ち去りかける。エキストラだったらしい。「お疲れさまでしたあ」

「おいおい。これで終りじゃないだろうね。わしの芝居の続きはどうなるんだい」

玄五郎が叫ぶように言うと、沓脱明日香はうんざりしたように返した。「わたしゃこんな馬鹿馬鹿しいもんにつきあっていられないよ。やるんならリアリズムがいいよ、リアリズムが」

須賀聡子が同じ口調で言う。「好きな人に襲いかかったらいいじゃないの。どうせそんな体力ない癖に」

ホステスだったカルメン遥婆さんが身をくねらせた。「あら。わたしは襲われたいんだけどなあ」

「おお。夢が合致したではないか」恵作爺さんが手を打って叫ぶ。「こうしていずれは全員の夢の方向性がひとつとなり、夢工房たるこのホームの夢もまたひとつとなる」

その間にも騒ぎはロビーのあちこちで起っていた。

「ガーッ。ムコダインくれムコダイン」

「何だそれ」

「去痰錠じゃ」

「汚ねえなあ」

「あなた誰。日本人じゃないわね」

「ドローチ・ベントーヤ」

「夢は何なの」

「弁当屋」

巨大な和服姿の老人が大股でロビーに入ってきた。相撲ファンの照里菊嶽爺さんは飛びあがる。「親方。畑地海親方じゃありませんか。あなたがなんでこんなホームへ」

「わしにも夢があってのう」

「夢。親方の夢ですか。じゃあおそらくそれは理事長」

「そんなものではないわい。実はわしは、女になりとうてのう」

須賀聡子はのけぞった。「親方っ」

「子供の頃から、わしは男の子が好きで好きでのう。それで女の子になって、男の子に好かれたかった。しかしまあ、こんな屈強な身体に育ってしもうての。ああ。相撲取りになったのは何も男の子に抱きつきたかったからではない。単に強かったからに過ぎんわい。しかしな、いざ力士になってみると、取り組む相手の力士を好きになってしまうことがある。関取になってからも、どうにも堪らんほど好きになった相手が二人いた。この二人にはどうしても勝てんじゃった。取り組んでいるさなかに射精してしまうんじゃわい。いつも負けとるもんで自分でもこれはいかんと思うたが、結局は引退するまで負け続けた。それでも横綱にまでなれたのは苦手とする相手がその二人だけだったからじゃろ。わしはもう歳じゃ。しかしな、今からでもよい。何とか生涯に一度くらいは男に愛されたい。愛されたいのじゃわいのう」

さめざめと泣きはじめた畑地海を皆が取り囲んで慰める。「なんとかするから」「何とかします」「泣かないで親方」

須賀聡子は「女になられてもいいですよ」と親方に言う。「お相手の男を誰か見つけますから」

親方は途端に体幹を柔らげ、うっとりとした眼差しで言った。「あら。嬉しいわん」

「あなたどうなの。ファンだったんでしょ」

須賀聡子にそう言われ、照里菊嶽爺さんは首をすくめる。「それはそれじゃ。わしにはわしの夢があってな」

「あら。初めて聞くわね」沓脱明日香婆さんは好奇心で小さな眼をぎらつかせながら訊ねる。

「何よそれ」

「大文豪さ」照れもせず、照里爺さんが答えた。

「それ、難しいかもね」明日香婆さんは天を仰ぐ。「まず大長篇をひとつ書いて、それをこの皆が読んで感心すれば、ここでだけでも大文豪として持ちあげて」

「いやいや。それは夢工房の仕事ではない」黒林恵作爺さんは言う。「すでに大文豪になっている方として照里先生を仰ぎ見るのだ。先生はいつも大文豪に相応しく、のべつパイプ煙草をふかしておられるではないか」

「うむ」照里菊嶽爺さんは突然大文豪になってパイプをふかしながらふんぞり返り、名文句を垂れ流しはじめる。「作家にとってその人生という大長篇の中での、ちょっとした休憩が即ち改行であり、それが同時に喫煙であるとすればだよ、改行の多い小説を書く作家は即ちヘビースモーカーでなければならないだろうし、また同時に肺気腫でもなければならないだろうね。わはははは」

「凄い」と、金剛インコ婆さんが歎息して言う。「何言ってるかわからないところが凄いわ」

「凄い」「凄い」と全員が言う。

「見つけました。見つけました」ホームの理事でもある宗像潜蔵爺さんが体格のいい老人を引っ張ってきた。「この人はもとプロレスラーのトライオン藤巻さんです。体格のいい男性を探し求めておられたそうでして」

「あら。知ってる」と畑地海親方がトライオン藤巻をうっとりと見て言った。「あこがれの人だわ」

「おう。親方じゃねえか」トライオン藤巻は嬉しそうに身を揺すり、涎《よだれ》を垂らさんばかりの笑いで言う。「女になりてえなら、してあげますぜ」

「はい親方。仕上げ、できました」以前は撮影所の衣装部にいて、今は夢工房の衣装を一手に引き受けている山田花子婆さんが巨大なドレスを運んできた。「こんな衣装でも役に立つんだねえ。持ってきてよかったわ」

「わしの部屋へ行こう」トライオン藤巻は恥ずかしそうにしている親方の肩を抱き、自室へ誘う。「着替え、手伝ってやるぜ」

ふたりの後を山田花子婆さんが重い衣装を担いでよたよたしながら追う。

「わしの夢は」突然、金剛インコ婆さんが身を立て直して重おもしく言う。「大名じゃ。江戸幕府時代の殿様じゃ」

インコ婆さんを贔屓にしている黒林恵作爺さんが叫ぶ。「殿」

ははあーっ、と、全員がいっせいに平伏する。

いったん平伏したものの、あわてて立ちあがり、黒小路玄五郎爺さんが叫んだ。「どさくさにまぎれてわしの夢がどこかへ飛んでしもうたわい。わしはあれからどうなった」カルメン遥婆さんが眼をいからせ、いらいらして叫ぶ。「だから言ってるでしょ。わたしは襲われたいんだって。あんたさあ、酒池肉林じゃなかったの」

「あーっ。わしゃ何をぐずぐずしとったんじゃろう。ではでは、すぐさまここで」玄五郎爺さんはカルメン婆さんに飛びついた。

「ここではやめて」須賀聡子とカルメン婆さんが同時に叫ぶ。

だがすでに玄五郎爺さんは小股掬いでカルメン婆さんを押し倒していた。カルメン婆さんの右の義足がはずれてロビーの中央にまで飛び、左の義足がエレベーター近くにまで飛んだ。

「だからここではやめてと言ったのに」カルメン婆さんは嘆く。

須賀聡子も叫ぶ。「あんたの部屋へ行ってりゃよかったのよう」

「おお。これはこれは」玄五郎爺さんが好色の眼を輝かせた。「両足のないお前さんもまた、例えようもない魅力じゃ」

「このど助平」須賀聡子は悲しげな面差しで言う。「この人はね、綺麗な足が夢だったのよ。だから自分の短くて太い足を切断して、こんな長い義足を作ったの」

「いやあ。そいつは悪かったなあ」玄五郎爺さんは心底悔やむ表情になり、カルメン婆さんを抱き起こして胸に抱え込んだ。「よし。わしが抱いて部屋まで連れていこう」

歳のわりには強い力で玄五郎爺さんは、義足のない分軽くなったカルメン婆さんを抱えあげ、自室へ戻るためにロビーを出て廊下を歩き出す。カルメン婆さんはうっとりと眼を閉じて爺さんの首に両手をまわしている。そのあとを、左右の長い義足を抱えて持ち、須賀聡子が小走りについて行く。

# 美食禍

その時の会話はこうだ。

バルサミコ風味のフォアグラ・ステーキを食べながらまず村瀬が言った。「こういう旨いもの、旨過ぎて、古代人なんかは吐き出すだろうなあ。だって調理なんかはろくにしないで、自然のものばかり生で食べてるんだからなあ」

鴨のコンフィを味わいながら、おれは言った。「それはどうかなあ。古代人っていつ頃の古代人か知らんが、こういうもの、眼を丸くしてむさぼり食うんじゃないの」

「おっ。意見が対立したぞ」村瀬がフォークを置いた。「確かにわれわれ現代人のほとんどは、自然のものを生で食べる旨さなど知らない。よし。ではその古代人の時代を特定しようじゃないか。まず縄文時代にはすでに食材を土器で煮たりしてるから、それ以前ってことになるね」

「そうだね。じゃあ後期の旧石器時代か。一万と五千年前ってことでどうだ」

村瀬はおれに賛成した。

次の日、おれたちは美食倶楽部の歴史研究会に連絡し、時間航行管理省の許可を取ってくれるよう頼んだ。気が遠くなるほどの時間がかかったが許可は下りた。現地へ行くのは村瀬である。すでにディメンション・スキャナーで調査していたのだが、われわれはその部族の男二人、女二人を選んだ。現代へやってきた彼らを都会の真ん中へ野放しにはできないから、われわれは高額の費用を使って彼らが退屈したり運動不足になったりしないような広い区域に彼らの時代の自然を作った。と同時に、われわれ観察者の存在が彼らを驚かせることのないよう、一般的なレストランのセットを組み、同席するおれたちやウエイターにも馴らせる工夫をした。

彼らを連れてくるのは案外簡単だったらしい。綿密な打合せのせいでもあるが、数人の助手の中にはこの時代の言語を曲がりなりにも習得した者がいて、どう騙したのか目的の四人に語りかけると、彼らは驚くほど素直に村瀬たちと時間旅行を共にしたという。

そして村瀬はとうとう彼らを現代へ連れてきた。純然たるホモ・サピエンスであり、女性のひとりなどおれの好みでさえあった。突然現代の景色を見せれば吃驚するから、まずは彼らの住居に似た人工の岩窟に入れる。それから多少の時間をかけてレストラン風の部屋に移し、そこにいるおれたち二人やスタッフの姿になじませる。食べものははじめのうち、手のこんだ料理を避けて単純な和食、つまりは澄まし汁、法蓮草のおひたし、牛肉や魚の刺身、焼き魚、米飯、フルーツ各種といったところを用意した。

仰天した彼らに襲いかかられては困るのでわれわれとの間に透明の隔壁を立て、配膳装置で自動的に食器を並べる。おれたちの姿は徐徐に見えるようにする。スキャンしてあった彼らの言語は不十分ながらも翻訳され、だいたいどんなことを喋っているかがおれたちの耳に伝えられた。彼らの原始的な言語は知的でない分、きわめて感覚的に思えた。

最初に出した澄まし汁の椀を見て、それまで何も食べていなかった彼らが一様に椀に鼻を近づけた。

「おっ。匂いを嗅いだぞ」と村瀬が眼を丸くする。

「やはり毒を警戒してるんだろうなあ」と、おれは言った。「他部族から毒を盛られたりしたんだろう」

「いい加減なことを。だいたい何に毒を盛るんだ」そう言ってから村瀬はおおと頷いて納得した。「そうか。水だ。毒を入れるとすれば水だもんな。泉とか池とか溜り水とか。澄まし汁は味のついた湯だし、まさに水だからなあ」

恐るおそる澄まし汁に口をつけた彼らは、その旨さにたちまち夢中になり、多少の熱さもかまわず椀を手にしてごくごくと飲み干した。そして不審げに幻のような半透明のおれたちを眺めていたが、次の食器があらわれるなり、それが法蓮草のおひたしだったこともあり、今度は迷うことなく指さきを使ってむさぼり食った。次の焼き魚も同様だった。よほど空腹だったのか、食い物を前にした時の彼らのいつもの反応なのか。

それからは三度の食事に順次手を加えて高度な料理にしていった。特に夕食は知恵をしぼってあらゆる食べ物を満遍なく誂えた。突然過激な味で彼らが拒否反応を起さぬよう注意したが、さほどの心配はなく、たいていの嗜好品や調味料に彼らはいい反応を示し、チーズや酢など発酵食品の入った料理もたじろぐことなく指で口に運んだ。ワインも日本酒もない時代からつれてきているのでちょっと心配したが、料理に多少の酒を使っても平気だった。不完全ながらも翻訳によればわれわれへの警戒がなくなったためでもあろうし、この実験を実は実験と知りながら楽しんでいるかにも思えた。そうした彼らの食事への態度は四人ともやや乱暴で素直、ひと言で表現すれば「豪傑子供」とでも言うべきか。

香辛料もわさび、山椒、生姜、さらにチリソースや鷹の爪や辣油などの唐辛子類と、次つぎ過激なものをより多量に加えていった。発酵食品も納豆、ぬか漬け、キムチ、ヨーグルト、赤ワインの栗の渋皮煮、バルサミコ酢の蕎麦の実のサラダ、塩麹のピーマンたらこ和え、塩麹とほっき魚醤のチキンソテー、トマトと麹甘酒のガスパーチョ、各種野菜のピクルスといった具合にあらゆる料理を与えたが、これらも喜んで食べた。最初に交したおれと村瀬の議論は、どうやらおれの勝ちに終ったようだった。

三週間が経ち、彼らが現代食にすっかり慣れたので、われわれは彼らをもとの時代へ送り返すことにした。その前夜、彼らとの最後の晩餐は実験の成果を確認するためもあり、彼らと世界各国の高価な美味珍味を共にする宴となった。それは即ち中国料理の皮蛋、燕の巣、韓国のサンナクチとホンオフェ、ナポリのカポナータ、タイのトムヤムクン、インドのラッサムやジョル、日本のくさや等などであり、中には激甚な香辛料や、くさやに代表されるその国の人間でさえ辟易するほど臭い発酵食品もあったが、彼らはこういう見慣れぬもの、初めて食べるものをすべて旨い旨いと食べ尽くしたのだからたいしたものである。

そして彼らは自分たちの時代へと送り返された。四人の三週間の不在時間も同族間からはゼロなので、眼を丸くして語る彼らの超自然的な体験談も集団の妄想として聞き流されていた。

彼らへの監視はその後も続けられたが、その結果おれは村瀬との議論に必ずしも勝ったとは言えないことを思い知らされた。美食に慣れた彼ら四人は、たった三週間で本来の食生活ができなくなり、何も咽喉を通らず、その結果たちまち餓死寸前の状態となったのである。

過去の人間を殺したり抹消したりするほどの悪事はない。彼らの様子を知っておれたち二人は飛びあがった。

「判断が甘かった」と、村瀬は言った。「こうなることになんで気がつかなかったんだろう」

「美食に慣れさせることしか考えていなかったんだ」おれは身悶えした。「おれが悪い。おれの負けだ。いや。勝ち負けどころの騒ぎじゃない。おれたちのしたことは時間道徳上の不法行為だったんだ。政府さえそれに気づかなかった。だからと言っておれたちの罪が消えるわけじゃない」

「四人の命を救おう」村瀬は決意を秘めた眼でおれを睨んだ。「まず、四人が食えるような食べ物をあの時代の彼らに送り続けなけりゃならんぞ」

「政府は認めてくれるだろうが、罰金が莫大なものになる。どれくらい過去と往復しなきゃならないかわからんものな」おれは嘆息した。「罰金がいやならその費用をおれたちが出せって言うだろうなあ」

「そうなんだ。その費用だって、彼らが自分たちの時代の食生活に戻るまで徐徐に慣らしていかなきゃならんから、その間は払い続けなきゃならん。まあ、おれたち破産を覚悟した方がいいだろうな」諦めたように村瀬は言った。

　時間航行管理省はおれたちの失策を犯罪として扱うことはなかった。しかしまだ最終的に金額の決まらぬ罰金は、最初のうちからおれたちに大きくのしかかってきた。一ヶ月の実費が請求されるたびにおれたちの生活程度はどんどん低下し、子供たちは奨学金で辛うじて通学を続け、親たちは安い老人ホームへ入り、おれたちは生活保護を受けながらも美食倶楽部からの支援金でなんとか罰金を払い続けた。

　だが幸いにも、と言うべきだろうか、彼らは三年足らずで全員が死亡した。彼らが現代にやってきた時の年齢は平均十二歳、彼らの生きた旧石器時代の平均寿命は十五歳だったのである。

# 夜は更けゆく

高峰家は住宅地の中にあり、戦後すぐ建てられた日本家屋にしては新しく見えた。六畳の居間が一家団欒の場所だったが、今では兄妹ふたりだけだ。庭に面した引違い窓から月の光が差し込んでいる。

食器を洗い終えて冴子が戻ってきた。ギンガムチェックのスカートに皺が寄るのを気にしながら彼女はまた卓袱台に向かって座る。生姜焼の肉の匂いがまだ漂っている。冴子は白いブラウスを着ていて、テレビを見ている兄の慶一もまた白いワイシャツ姿だ。テレビでは女の歌手が「君の瞳に恋してる」を歌っていた。

「この歌、好きだわ」と、茶を淹れながら冴子が言う。

慶一は頷いた。「いい歌だよね。古い曲だけどね」

意外そうに冴子は言う。「そうなの」

「そうだよ。新しく編曲されてるけど、もともとはずいぶん前の歌だ」歌手がサビを歌いはじめたので兄は言った。「ここがいいんだよね」

「ええ。ここ、好きよ」妹が聞く。「ねえ、西瓜食べる」

「おっ、西瓜があるのか。貰おう貰おう」慶一は眼を細めた。

隣の台所へ立ち、切った西瓜を大盆に盛って戻りながら冴子は言った。「お兄ちゃんが会社から早く帰ってくるんで、昼間は買物がいろいろと大変だわ」

「だってしかたないだろ。以前は帰りがけに飲み会やなんかしたけど、今はできないもんなあ」慶一はやや悲しげだ。「総務で集団感染があって以来、全社自粛だ。まあ、俺は酒をあまり飲めないし、飲み会は好きじゃなかったからいいんだけど。それに今はマスクして飲み食いしなきゃいけないことになっただろ。あんなことするくらいならやらない方がましだ」

慶一が嘆息する。

歌が終り、アナウンサーとゲストの俳優が喋りはじめた。つまらなさそうにふたりは西瓜を食べ、茶を飲む。

冴子は西瓜の盆を片づけ、戻ってきた。

二人はまた、親たちの話をする。

「お父さんの部屋、長いこと入ってなかったから、今日は二階の掃除をしたわ」

「おふくろの部屋もか。ご苦労さん」

「お父さんは歳だからしかたなかったけど、お母ちゃんは死ぬのちょっと早かったような気がするわ」

「うん。ちょっと早かった。なんでだったんだろうなあ」

「なんででしょうねえ」

「でもやっぱり親父が金を残してくれたお蔭だなあ。おれたちこんな楽に暮らせるの」

「わたしたちの結婚費用だって言って、ずいぶん残してくれたわね」

兄妹は笑い、それからすぐ真顔になる。

真顔のまま、妹は兄に訊ねた。「お兄ちゃん、いつ結婚するの」

慶一は笑顔に戻った。「このご時世だ。結婚どころじゃないだろ。だいたい飲み会も歓迎会も同窓会も何もないんじゃ、そもそも出会いの場がないだろうが」

やや心配そうに冴子は言う。「昔からの好きな人って、いないの」

「そりゃまあ、男として好みはあるさ」慶一はかぶりを振った。「だけど今の女性ってみな、男を選ぶ眼が厳しいからなあ」

「お兄ちゃん、慶応出てるのに」不満そうに妹は言った。

「それよりもさ」兄はちょっと背筋を伸ばして言う。「お前こそどうなんだ。好きな人、いないのか」

「いないわよ」妹は怒ったままの顔でぶっきらぼうに言ってから、初めて気がついて不思議そうに首を傾げる。「ねえ。こんな話するの、初めてね」

「そうだっけ。そうだな」慶一は真剣な顔で頷いた。それから妹の顔をジロジロと見て言った。「お前最近、口紅塗らないな」

「だって外ではマスクしてるんだもん」冴子は白い歯を見せて笑った。「口紅無駄だし、マスク汚れるし。だから口紅、全然売れないみたいね。化粧品会社が困ってるわ」

「そういうことか」慶一は天井を仰ぐ。「顔が見えないんじゃ、男はなおさら女性を選べないわけだ」

冴子も言う。「それは女も同じよ。眼だけ見て人を選べないじゃないの」

ちょっと苛立って慶一は言った。「だからさ、だからつまり、みんながマスクをし始める前から、お前が好きだった男っていなかったのか」

「好きな男の人なんて、お兄ちゃんだけよ」と、妹は言った。

兄は驚いて妹を見た。

彼女はそっぽを向いていた。

兄は言った。「びっくりさせるようなこと言うなよ」

兄妹はしばらく黙っていた。慶一はギンガムチェックのスカートの裾から出ている冴子のなま白い素足をちらりと見た。慌てた兄の視線がテレビに向いたことを確めてから冴子はそっと足を引っこめる。大通りから時おり聞こえてくる警笛は止むことがない。テレビではまだ俳優たちが喋っていた。兄は黙ってチャンネルを変えた。画面はニュースになった。あいかわらず新型コロナのニュースだった。

冴子は兄に訊ねる。「そろそろ自分の部屋へ行く」

慶一はかぶりを振った。「まだ九時だしなあ」

「あの本、読んじゃったの。ほらあの、なんとか言う人の書いた経済の本」彼女は兄といるのがなんとなく怖いようだ。

「あれ、昼間に読んじゃった」慶一はなぜか腹立たしげに言う。「帰ってきたのが六時だろ。晩飯食い終えたのが七時半だ。自分の部屋へ行ってもすることないしな」

「わたしもそうよ。六時から晩ご飯の支度始めたのなんて初めてよ。わたしだって自分の部屋へ行ってもすることないし」と冴子は言った。「だから、この部屋でテレビ見るしかないんじゃない」

「つまんないけどな。同じニュースや、いやなニュースばかりで」慶一は妹の顔を見ないようにしながら言う。「だからまあ、もう少し起きているしかないか」

「そうね」冴子はわざとつまらなそうな顔をしているようだ。「起きていましょう。起きてなきゃしかたないもの」

兄妹は顔を見あわせたわけではないのに、互いを見つめあってしまった。それからあわてて互いから顔をそむけた。二人とも、からだを少し固くしていた。ふたりはそのままの姿勢であまり動かなかった。テレビはニュースを流し続けている。引違い窓から入ってくる月の光が明るさを加えた。そして夜は更けていく。

# 新潮社

# 新刊案内

2023 10 月刊

# 君が手にするはずだった黄金について

小川 哲

才能に焦がれる作家が、自身を主人公に描くのは、承認欲求のなれの果て――。いま最も注目を集める直木賞作家が描く話題の最新作！

●10月18日発売 1760円

355311-3

# カーテンコール

筒井康隆

著者曰く「これがおそらくわが最後の作品集になるだろう」。巨匠が紡いだ、痙攣的笑いから限りなき感涙まで25もの傑作掌篇小説集！

●11月1日発売 1870円

314536-3

2023年10月新刊

■新潮選書

# 小林秀雄の謎を解く

『考へるヒント』の精神史

苅部 直

●10月25日発売 1980円

モーツァルト論から徳川思想史へ――批評の達人はなぜ転換したのか。ベストセラー随筆集を大胆に解体し、人文知の可能性を拓く、超刺激的論考。

603902-7

■新潮選書

# 嫉妬と階級の

03-4

# 自由の丘に、小屋をつくる

不器用ナンバーワンの著者が一人娘のためにゼロから小屋をつくる！
あなたの価値観をやさしく揺さぶる、軽快ものづくりエッセイ。

川内有緒
10月18日発売
●2420円
355251-2

# 遺伝と平等
## 人生の成り行きは変えられる

キャスリン・ペイジ・ハーデン
青木 薫［訳］
10月18日発売
●3300円
507351-0

「親ガチャ」を乗り越えろ！ 最先端の遺伝学の成果を正しく使えば、
人生も社会も変えられる。全米騒然、新しい平等を志向する話題書。

江戸の人々の心の翳を描く傑作

# 泳ぐ者

青山文平

別れて三年半。元妻は突然、元夫を刺殺した。理解に苦しむ事件が相次ぐ江戸で、若き徒目付、片岡直人が探り出した究極の動機とは。●781円

120094-1

歴史を変えた僧、日蓮の半生を描く！

# 日蓮

佐藤賢一

人々を救済する――。佐渡流罪に処されても、信念を曲げず、法を説き続ける日蓮。その信仰と情熱を真正面から描く、歴史巨篇。●880円

112536-7

# ちよぼ

―加賀百万石を照らす月―

諸田玲子

女子《おなご》とて闘わねば――。前田利家・まつと共に加賀百万石の礎を築いた知られざる女傑・千代保。その波瀾の生涯を描く歴史時代小説。●693円

119438-7

カーソン・

-8

# 新潮文庫 10月の新刊

※表示価格は消費税（10%）を含む定価です。出版社コードは978-4-10です。

# 江戸の空、水面の風

―みとや・お瑛仕入帖―

梶よう子

腕のいい按摩と、優しげな奉公人。でも、なぜか胸がざわつく――。お瑛の活躍は新たな展開を見せて……「みとや・お瑛」第二シリーズ！●737円

120954-8

# あしたの名医

―伊豆中周産期センター―

藤ノ木優

伊豆半島の病院へ異動を命じられた青年産婦人科医。そこは母子の命を守る地域の最後の砦だった。感動の医学エンターテインメント。●880円

104651-8

# 神様には負けられない

山本幸久

26歳の落ちこぼれ専門学生・二階堂さえ子。職なし、金なし、恋人なし、あるのは夢だけ！　つまずいても立ち上がる大人のお仕事小説。●825円

135883-3

# 月夜の散歩

角田光代

836-8

# お咲の人生

三木露風の童謡「赤とんぼ」には「十五でねえやは嫁に行き」という歌詞があり、大正時代にはそんなに早く女中奉公をやめたのかと驚かされるが、これは貧困農家による、口減らしのための近隣への子守奉公だったのだろうと言われている。ぼくが六歳のとき、それまでのおけいにかわってやってきたお咲はすでに十六歳だった。からだは大きくて大人の男ほどもあった。顔の色は黒いというほどではなかったが、よく見ると頬にうっすら毛が生えていた。力が強くて、家族の者は重い物を運ぶとき、みな彼女を重宝していた。

着物を着た彼女の姿は、まるでお相撲さんだ。おなかが出ていたのでオビを胸高に締めているからだった。彼女はふだん怖い顔をしていたが、ぼくにだけは時どき笑顔を見せ、そんな時のお咲はまるでぱっと花が開いたように美しかった。だからぼくはお咲が大好きだったたし、お咲も子供たちの中ではぼくをいちばん可愛がってくれたのだった。

ぼくの父は近隣一帯の地主で、貸家もたくさん持っていた。だからなのか、近所の人たちから憎まれていたらしい。そのせいでぼくは近くの子供からよくいじめられた。そんな時、ぼくの泣き声を聞いて駈けつけてくるのはいつもお咲だ。彼女は大きな子でもどんと手で押してぶっ飛ばした。

一度、中学生ふたりにいじめられたことがある。殴られた時にはあまりの痛さにぼくは悲鳴をあげた。お咲がはだしで走ってきた。中学生たちは女のお咲を見て、女中のくせになどと笑いながらまだぼくを殴ろうとした。お咲はすごい力でひとりの腰に片手を巻いて地べたにたたきつけ、もうひとりを片手でぶん殴った。この時、ぶん殴られて唇を切り、血を流した子の父親は大学の先生だった。巡査がぼくの家にやってきたが、お咲はあの子が悪いんだからと言い返して絶対にあやまらなかった。母親はお座なりにあやまりはしたものの、巡査が帰って行ったあと、両親ともお咲には何も言わなかった。ふだんから彼女がぼくを守っていることを知っていたからだろう。

お咲は決して乱暴ではなかったのだが、その態度や言葉はぶっきらぼうだったからやはり乱暴に見え、よく誤解されたものだった。近所の子はぼくをいじめなくなり、それは翌年、ぼくが一年生になっても同じで、あの子の家には怖い女中がいるというので評判だったらしく、学校でもいじめられることはなかった。だからぼくは今でもお咲に感謝している。ぼくはひよわな子供だったのだ。

「小さい時からそんなに強かったの」とお咲に訊ねたことがある。

お咲はかぶりを振って言った。「おとなしかったのよ」

お咲の村は山の途中の段々畑の中にあり、畑仕事を手伝っているうちに力が強くなり、からだも大きくなってしまったのだ、村の小学校でもおとなしかったし、成績も普通だったと、まるで悪いことをしたような口ぶりでそう言ったのだ。だからそれはきっとほんとのことだったのだろうとぼくは思う。

家族連れで、お咲をつれて二度ほど海水浴に行ったことがある。せっかく大きな女物の水着を買ってもらっていながら、お咲は頑としてそれを着ず、海浜で弟たちを見守ることに徹していたので、親たちは、「あれは着るとからだの不格好なのがわかるので着ないんだ」と言って笑っていた。

お咲は二十一歳になるまでわが家にいた。その頃の通常の年季は二、三年だったし、いい嫁入り先があるから帰ってこいと里から何度も言ってきたにもかかわらず、彼女は帰りたくないと言ってわが家にとどまったのだ。

やがて戦争が始まり、郷里の若者が出征して手不足になったというので、お咲はしかたなく帰郷した。彼女と別れるとき、ぼくがつらいだろうと家族たちが思ったのだろう、ぼくが学校へ行っている間にお咲を帰らせてしまっていた。

お咲からはその後たびたび便りがあった。段々畑で採れた米や野菜をよく送ってきて、それに添えられていたのは親たちへの報告めいた手紙と、たいていそれと同時に書いてくるぼくへの手紙だ。帰ってすぐ、彼女は結婚していた。相手は病弱なので戦争に行けなかった豪農の一人息子である。色が白く鼻筋の通った男前で、お咲はひと目で好きになってしまったという。どことなくぼくに似ているとも、お咲は書いていた。良家で嫁入り修業をしてきたのだからと、先方の親から熱心に乞われたらしい。

彼女の字は下手なりに整っていて、読みづらくなかった。ぼくは彼女の字と、ややたどたどしいその文章が好きだった。その後の手紙では、夫は自分を頼りにし、好いてくれていると書かれていた。

一年後、お咲は子供を産んだ。便りには、とても可愛い女の子ですとあった。両親はその子を見たがって、一度つれてくればいいのにねえ、などと言っていたが、勿論そんな時代ではない。戦後になっても、赤ん坊を抱いて汽車に乗れるようになるまでには何年もかかりそうだった。

そんな時のある手紙には、もしお宅で五年も働かせてもらっていなかったら、もっと早くに国元に帰り、嫁に行かされていただろうし、その頃結婚した多くの娘は夫を戦争に取られ、そして帰ってきた男はほとんどいなかったのだと書かれていて、今の自分があるのはお宅のお蔭ですと、わが家への感謝の言葉が書き連ねられていたのだった。

便りを出したり出されたりして六年後、お咲からではなく、彼女の父親から手紙が届いた。お咲が死んだという知らせだった。

その日、お咲たちはお咲の夫や両親も加え八人もの家族連れで海水浴に行った。六歳になるお咲の娘の初子も一緒だった。山深い田舎暮らしの彼らにとって、そんなことをするのは初めてのことで、そこは海水浴場とも言えないようなちいさな砂浜であり、岩場が多く、葦《よし》簀《ず》張りの着替え場や洗い場の設備などもろくに整っていなかったという。お咲の見守る中、浅瀬で遊んでいた初子は突然深みにはまって溺れた。お咲はすぐさま飛び込んで娘を助けようとしたが、彼女もまた溺れた。近くにいた男たちによって初子はすぐに引き上げられたが、お咲の大きな身体は男数人がかりでも救いあげることができなかった。

お咲は泳げなかったのだ。山で育ち、ぼくたち家族と海水浴に行くまでは海に行ったことさえなかったのである。海に行った時は両親への手紙で「海は怖かった」と書いていたようだ。でもさすがに夫や娘と海に行くときだけは、ぼくの両親からもらった女物の水着を身につけていたらしい。その手紙は事故があってから四日ものちに届いた。

学校から帰ってきたぼくは、お咲が死んだことを聞かされておんおん泣いた。

# 宵興行

新宿お玉が二十年振りに舞台に立つというので、昔からのアングラ・ファンはその日の夕方、神社の境内に集ってきた。皆が二十年ほど歳をとっていた。そんな興行があるということを誰が広めたのか、いつからともなく皆が知っていたのだ。テレビのニュースで見たと言う者もいれば新聞に折込ちらしが入っていたと言う者もいる。午後五時。芝居は一夜限りの宵興行ということだった。開演は六時とされていたが、境内の公園にはすでに大勢が来ていて、昔なじみの誰それと親しげに語らっていた。

「えっ。だってお玉ちゃん、もう五十近い筈よ。あんな可愛い踊り、できるの」若い頃アングラ演劇に入れあげていた居酒屋の女将が心配そうに言う。

「碇だって六十いくつだぜ」座頭の碇荒天を良く知る工務店の親爺は、昔自分も端役で、何度かこの白櫓の会という劇団の舞台に出た体験があった。

葦簀《よしず》張りの小屋の正面にはチケット売場があり、そこにはアルバイトだという娘が一枚八千円という、決して安くはない額のチケットを売っていた。客は彼女に、終演後お玉ちゃんには逢えるのかだの、座長の碇も出るのかだの、あれこれ話しかけて答えを得ようとしていたものの、女子大生と思える彼女には何もわからないようだった。

報道関係者らしき人物も数人来ていて、彼らとても昔のことを知っている様子の年輩者だった。彼らは取材しようとして小屋の中に入ろうとしたり、楽屋口を探して裏にまわったりしていたが、楽屋口らしきものはなく、入口には役者なのかそのための人員配置なのか、いかにも恐ろしげなスキンヘッドの大男がいて睨みをきかせ、取材をすべて拒否していた。

五時半、小屋は開場した。三三五五、客が入場する。簡素なパイプ椅子の並んだ土間はたちまち満席となった。舞台には浅葱色の引幕が引かれている。最初から粗末なセットが剝き出しになっていたアングラ芝居にはちょっと珍しいことだ。

柝《き》の音がひとつ、続いてふたつ。皆が思い出す。ああ、これがこの一座の幕あけの合図だった。間を置かずに引幕が両側に引かれ、その舞台装置を見た客からいっせいに感嘆の声があがる。おお。なんてことだ。ハモニカ横丁ではないか。舞台にはハモニカ横丁の二軒の店が上手と下手に作られ、その間には細い通りがあり、その通りの両側、二軒の店のそれぞれの奥の店、それらの店の戸口や看板が丹念に作られていたのだ。それにしてもこの神社の境内はこんなに奥深かったのだろうか。

「あっ。あれはおれの店だ」という大声があがる。それに続いて「あの店知ってる店よ」「あっ。『まえだ』だ。おれ、あそこへ通ったんだ」などという声が次つぎにあがり、さらにはあちこちですすり泣きまでが起ったのだった。だが、アングラには似つかわしくないこんな精巧な舞台装置を、誰がどれだけの費用を使って作ったのか、そもそもこんなものを作る必要があったのかという疑問さえ齎《もたら》すほどの、それは素晴らしいものだったのである。

板付きは両側の店のそれぞれ二、三人の客と、カウンターの中にいるどちらも女将。いずれもこの劇団の役者であり、客のほとんどは彼らを知っていた。驚くべきことに彼らはほとんど昔と変らぬ姿だった。「さっちゃーん」「いよっ。五郎丸」「権藤さーん」などという掛声があちこちであがる。芝居が始まった。

往年の筋立てとほぼ変らぬ設定であり、勿論その方が客たちには有難く、懐かしく、心躍るものがあったのだ。それは早く言えば新宿讃歌だったのだが、物語は座長の碇荒天が演じる私立探偵を中心に据えた犯人探しである。二十人近い登場人物が二軒の店とその間の街並を行き来する中で、本筋にとらわれることなくさまざまなドラマが展開する。入口に立っていたあのスキンヘッドの大男も、顔役のボディガードという科白のない小さな役を与えられていて、誰もが知らない出演者といえば彼だけであったろう。この公演のためだけに雇われてきたプロのボディガードに違いない、と誰もが思った。

碇荒天が登場すると一斉に拍手が起き、掛声がかかる。「よっ。碇」「碇」しかし小声で隣席に疑念を洩らす者もいる。「あれは碇の息子じゃないの」確かに彼は若く見えた。だが、やや肥ってはいるものの、その演技を見、科白を聞けば誰にもそれが碇荒天自身であることがわかるのだ。

座長の出よりも、新宿お玉の登場に満座が沸いた。いったん幕が引かれた幕前へ、紫の唐傘を持った赤い和服姿のお玉が下手からあらわれるとわっと歓声があがり「お玉」「お玉」「お玉ちゃーん」の掛声があがる。お玉は昔より少し肥っているものの姿形や容貌はさほど変わらず、前奏にあわせて踊る姿のしなやかさは若い頃とまったく同じであり、どんなメークを施したのか昔通りのその可愛らしさは精巧な市松人形にも例えられそうだ。さらに客が驚いたのは、真のタイトルは不明ながらも「新宿お玉の歌」として知られているその歌の歌声だった。

あたしゃ勝手に咲いた花
歳は十六ドサ回り
美人じゃないけどブスじゃない
誰か見つけて頂戴な

とても四十代の女優の歌声とは思えない、色気に満ちた可憐な歌声である。嘘よねえ、という囁き声もした。短い間奏があって歌は続く。

生まれついての怒りんぼ
手足細いしチビだけど
歌はうまいし踊れるし
誰か拾って頂戴な

懐かしさに、女性客の多くが泣いていた。男でも泣いている客がいた。嗚咽を堪えられずうーうーと声を上げている者もいる。三コーラスほどの長い間奏があり、お玉はその長丁場を軽がると踊った。傘が舞い、素足に履いた赤い鼻緒の下駄が板に音を立てる。こんな踊りを二十年もの空白期間を経て踊れるわけがないと、その時はまだそんな疑念を誰も抱かなかったのだが、あとで彼らがずっとドサ回りをしていたのだからあれは当然だと言う者がいた。そう聞かされてやっと、なるほどお玉の歌の中にある通り、温泉などのドサ回りでずっと踊り続けていて、だからこその現在も保たれているあの技芸なのであろうと納得させられるのだ。

お玉がまた歌い出す。

ふだんはお下げの細い髪
下駄の鼻緒に血が滲む
好きな人とは死んだげる
誰か愛して頂戴な

それまでにも、昔このお玉を追いかけた者が彼女の身元素性を喋っていたがそれによると、彼女は東京の郊外、山麓の川縁にある町に家があり、そこから新宿などへ通っていたのだと言う。川岸の細い道を辿りながら歌を歌っている彼女の声を聞いたこともあると言うのだった。

お玉が下手に消えるとふたたび幕が引かれて芝居の続きが始まった。もうお玉の登場はないのかと皆が気を揉む中、卵売りの娘に扮した彼女がそれらしい役で出てきて可愛らしい演技を見せ、全員が納得する。劇が終盤に近づくと、絡みあった人脈、もつれたストーリィの中、この一座の芝居がいつもそうであったように、誰が犯人やらもはっきりせぬまま全体がフィナーレになだれ込むのだ。全員が舞台に出て手を振れば客は総立ちとなって拍手喝采。浅葱色の引幕が引かれる。

まだ拍手の続く中、舞台上手の袖からあらわれた燕尾服姿のやや怪しげな紳士が大仰な身振りで挨拶を始めた。どうやら自分が興行主だと言っているらしいが、この公演を企画したそもそもの意図を語りながら次第に思い入れ深くなり、昔の話となり、陳腐で感傷的な口調になりついには涙を流すのだったが、そんな単純な説明に感動する者は誰もいず、早く楽屋に行きたくて腰を浮かしかけていた何人もが、何やら意図的なこの長広舌を怪訝に思い、こんな男がそれほどの金持ちである筈がない、こいつも役者ではないのかと疑いはじめた時、やっと話を終えた燕尾服が最後の挨拶もそこそこに、さっと身を翻して引幕の間に吸い込まれる。

謀られたことにあっ、と気づき、マスコミ関係者も含めて何十人もの男女が上手と下手に別れて舞台に駆けあがり、袖から裏へまわる。だが楽屋にはもう誰もいなかった。そこはみごとに無人だった。あの燕尾服の長い弁舌は、彼自身はいちばん最後だったろうと思えるが、一座の者が楽屋裏の小さなくぐり戸のような出口から逃げ出るまでの時間稼ぎだったのだ。小屋のあちこちに残っているのは撤去専門の、この興行のために雇われた業者だけだったのである。

あの宵興行はいったい何だったのか。あのあとどこの温泉地へドサ回りに打って出たのか。それからしばらくの間は、観客の誰もが同じ体験をした誰かに出会うたび、その話をした。しかしその後の一座の行方については誰も知らなかった。

# 離婚熱

GO TO トラブル。彼は家庭裁判所にやってきた。教えられた部屋は狭く、しばらく彼が待っていると、その部屋に離婚調停委員が二人、入ってきた。男女ひとりずつで、どちらも初老である。彼は当然、自分に味方してくれそうな人物はどちらかを見定めようとした。妻もまたこのように二人の調停委員から質問されているのだろうと思い、妻にならどちらが彼女に味方するかを考えた。女性であろう、と彼は思った。では当然、自分に味方してくれるのはこの男性に違いないと彼は断じた。初老の男はやや厳めしい顔をしていた。学校教師風、と、彼には見えた。気難しいのだろうな、と彼は思い、この人物なら自分の言うことに同意してくれるだろうと考えた。

「性格の不一致、でしたな」その男が書類を見ながらそう確認した。

彼が頷くと、今度は女が刺のある視線を彼に向けた。「あなたは奥様の心に、あなたを印刷できなかったというのですね」

「そんなところですかな」彼は変な言い方をするこの白髪をひっつめた小柄な女を睨んで言った。

「どういうところが」と男が訊ねる。「つまり、どういうところがあなたの性格に一致していないんですか」

彼は説明を始めた。「妻は掃除をあまりしないんです。ですから次第に家の中が汚れてきます。汚れていることを注意すると、言われた場所だけを何度も何度も、これ見よがしに掃除するんです。で、他はしないんです。あるいはよその家ではご主人がよく掃除するということを言い募ります。あるいは自分が掃除して当り前の場所、つまり台所や食堂やリビングルームなどのあちこちをこまかい部分まで、あそこも掃除した、あそこも掃除したと数えあげます」

「それは怪しからんな」男が眉をひそめて小声で言う。

「そんなことで」女は呆れたような声を出した。「それはあなたが奥様の光り輝く部品を数えあげてあげないからでしょう」

「もちろん、それだけじゃなく」彼はあわてて続けた。「調味料や化粧品の瓶の蓋を取って、そのままにしておくんです。蓋はその棚や調理台の上にいつまでも放置しておいて、それが溜ってくると纏めて捨ててしまうんです。つまり調味料や化粧品の瓶はいつまでも蓋がないままなんです。それらは新しい瓶を買ってきても捨てようとしないので、棚や戸棚の中が蓋のない調味料や化粧品で溢れ返ります」

「困ったもんだ」と、男が呻いた。

「奥様のお話とはまったく違いますね。奥様はもっと精神的なお話をなさいましたよ。奥様はあなたを愛してらして、奥様の心からはやさしくてカラフルな水音が聞こえるようでした」詠嘆調で女は言った。

女を無視して彼は続けた。「新聞雑誌類を積み上げてですな、回収日に出そうとせず、いよいよ溜ってくると積み上げた上の方だけを紐でくくって出すんです。つまり積み上げられた下の方の古い新聞雑誌はいつまでもそのままなんです」

「そうすると、全体としてはやはり、どんどん増えるわけだ」と男が唸るように言う。

「精神的なお話で言うとですね」彼は女に向き直った。「妻は何かと言うとすぐに私の父親とか母親を引き合いに出します。私がちょっと怒ると必ず、そういうところはお父さんそっくり、と言い、からだつきや体質などは必ず、お母さんそっくり、と言います。特にからだつきは私の劣等感の根源でしてね。恰好のいい母親ならいいのですが、母親のからだつきは不恰好なので」

「それは不当であるとお思いですか」女は彼のからだつきをじろじろ眺めまわしながら言っ

た。「劣等感の根源って何でしょう。コンプレックスのことですか。ああご免なさい。インフェリオリティ・コンプレックスのことですか」

失礼な女だと彼は思い、女はみな同じだなとも思った。彼は続ける。「だいたいが人の悪いところをあげつらいますし、いいところまで悪口としてあげつらうんです。テレビを見ていて必ず出演している人の悪口を言う。美人だと濃いお化粧ねと言い、睫毛が濃いと凄い付け睫毛ねと言い、歯が綺麗な人に対してはインプラントだか何だか知らないけれど何百万円もかけて歯を白くしたものだから、これ見てくれとばかりに歯を剝き出して笑うのねと言ったり、文句のつけようがない時は誰だってあちこちちょこちょこといじりまわせばこれくらい綺麗になるわよと言います。眼の大きい美人には、最近ちょっとした手術ですぐにこんな見開いた眼になるけど不自然よね、みんな吃驚したような顔になって、などと言います。なぜだかわかりませんが私のお気に入りの出演者をよく知っていて、そういうタレントが出てくると間髪を入れずに悪口を言います。子供のいない出演者が誰かもよく知っていて、子供もいないのにあちこちたくさん出演して、誰に残すのよ、いくら稼いでも無駄なのにねと、出演料を稼ぎまくっていることをあげつらいます。そしてそれらはそれぞれその人が出てくるたびに必ず言うので、その出演者が出てきただけで妻がどう言うかわかってしまう。この人痩せたわね、この人不細工になったわ、濃い口紅ね、顔が赤いわね。その出演者の発言自体には滅多に触れません。難しくてよくわからないことが多いからです。その出演者が愛妻家で有名だった場合は、その人がしょっちゅう奥さんと旅行していると言い、これは私がどこへもつれて行かないことへのあてつけです」

「えっ。どこへも」女が驚いて眼を見ひらいた。「ほんとですか」

「いえいえ。旅行にはつれて行っているのですがそもそも私は車を運転しませんのでね。妻はよく、あなたが運転しない人だなんて、結婚するまでは想像もしていなかったわ、などと言って責めるんです。それに私は海外旅行が、つまり航空機が苦手なので国内旅行ばかりなんですよ。すると、誰それさんは奥さんとまた海外のどこそこへ行った、もう行けるところは全部行ったとうそぶいているなどと憎にくしげに、そして私に当てつけがましく言い、旅行好きの知りあいの誰それを羨ましがり、私は損だと言い、あなたみたいに旅行の嫌いな人は親戚でも珍しいなどと言います。私の親戚はだいたい貶すのですが、旅行好きの親戚に対してはそこだけを褒めます」

「親戚をそんなように褒められてはたまらんな」男は嘆息した。「悪口も困るが」

「悪口はですね」彼は身を乗り出した。「結婚当時にまで遡って今でも言い続けているのですが、私よりも先に結婚した私の兄弟の妻のことです。よく結婚なさったわね。その女性は、妻にそう言ったそうです。その人とは今でも口をききません。妻に言わせると、会ってもあっちが口をきかないからだと言います。そのほかの私の親戚のことも、絶対に褒めることはありません」

「では、親戚とのおつきあいはまったくなさっていないのですか」女がまた、念を押すように訊ねる。「それはまるで、異種の動物同士のようにですか」

どう言えばわかってもらえるか、と思い、いやいやどう言ってもわかってもらえる筈はないのだと思いながら彼は絶望的に言った。「親戚全体と断絶している、と、いうほどではありません。ですから結婚式だの葬式だの何だのには出席するんです。だからこそ、互いに口をきかないということになるんです。あっ。言っておきますが、これは私の方の親戚だけの話です。妻は自分の方の親戚とは異常なほど仲良くしています。それもまた私への当てつけと思えてなりませんが」

「よくわかりますがね」と、男性の調停委員は言った。「それだけでは離婚しにくいでしょうねえ。私もそうだったのですが、男には一様に離婚熱というものがあって、なぜだかそうした実害のない不満だけで、離婚したくてしかたがなくなる時期がある。それはもう離婚熱としか言いようがない、灼けつくような離婚願望なんですよ。だけどそんな不満だけで離婚できる筈がない。あなたはきっと、何らかの不満が起きるたびに、そんな不満をあなたに感じさせない理想的な女性像を頭の中に描くのでしょう。いやいや、私がそうだからわかるんです。しかし実際にはそんな女性など、どこにもいないんですよ。騙しやがったな、と言いたいほどの妻の変貌に怒っても、実際には変貌なんかしていないんです」

おれがこの短篇小説をここまで書き、用を足しに書斎を出て戻ってくると、妻がこの原稿を読んでいた。読み終えたばかりらしい彼女はおれを振り返って言った。

「ひどいわ」

眼に泪がいっぱい溜っている。おれは仰天して叫んだ。違う違う。これはお前のことを書いたんじゃないんだ。本当だ。誓って言うがこれはお前のことを書いたんじゃない。いいか。お前のことではないっ。

# 武装市民

茜町への入口と言えるのは、駅の東側にある高架橋のガード下だった。そこはロータリーを挟んで区役所の二階から見下ろせ、狙うのに格好の場所でもあった。

「どこまで来ているか、わからんのか」ライフル銃を抱いた壁際の松井が言った。

「それは大下にもわからんだろう」と、銃の手入れをしながら相田が応えた。彼は鮮魚店を営んでいるずんぐりした初老の男で、顔立ちがどことなく松井に似ていた。

大下は猟友会の若手で、三階の窓からは高架橋の彼方が少し見えたのだ。区役所のビルは南側の部屋だけがなぜか使われず、コンクリートの打ちっ放しだ。

「以前、茜町のことを書いたやつがいたな。あいつこの町に住んでいた作家だろ。憶えてるか」相田は横目で松井を見た。

「ああ。『茜町血みどろ通り』だろ。嘘っぱちの話だ。あれはもう三十年くらい前になるかな」松井は溜息をついた。それから相田に向きなおった。「お前、わりと平気だな」

「昔のことでも考えていなけりゃ、間が持たんよ」白目の部分が充血していた。「あの時はお前も仲間だったし」

「若かったからな」心配そうに相田を見て、銃を抱え直した。「でも商店街の道路にロープを張ったのはお前だ」

「言うなって」相田が銃口を窓の下部から少し突き出してガード下を狙った。「お前だってあの娘をまわした一人だろ」

「あのなあおい」松井は天井を仰いだ。「あの時と今じゃ、状況が違う。これから来るのは暴走族の兄ちゃんじゃねえぜ」

「大下、大丈夫かな」ちょっと周囲を見回した。

「あいつの親父はマタギだ。今は肉屋の隠居だがな」薄笑いをして相田を見る。うわ目を使ったため三白眼になった。「大丈夫さ」

「あの線路沿いの国道から来ることはわかってんのかい」相田は言ってからかぶりを振った。

「わかってるよな。清野からの最後の電話があるまで連中はずっと国道を進んでた。あの電話はいつだったかな」

「もうだいぶ前になるぜ」松井は腕時計を見てから笑った。「時計見ることもないよな。お前に聞かされてからもう何日も経つ。何日も前だ」

「あの娘なあ」相田は低い声で言う。「最近だけど、商店街で逢ったよ。仏壇仏具店の前で」

「うわあ。もういい歳だったろ」松井が眼を見張った。「俺たちとそんなに変わらない筈だ」

「ああ。よく肥えたおばはんになってた」投げやりに言ってからまた窓の外を見る。「おれがわかったみたいだった。おれにもすぐわかった」

「何か話したのか」

「いいや。話すことなんかないさ。あの娘、バイクがひっくり返ったんで気を失ってて、なんでかちょっといい娘に見えただけでさ、それでまあおれたちその気になって」眉をひそめてから、相田は突然背を伸ばした。「あの娘、何でわしらの商店街へ来たんだ。近くの町にいるんだろうか」

「バイク族ってのはずいぶん遠くからでも集まってくるさ」

「何でわざわざ、酷い目にあった町へ来たんだよ」

「きっと、まわされたことが懐かしかったんだろう」ひひひ、と松井が笑った。

「あの時、あの娘を引っ張り込んだのは尾崎だ。自分の店のガレージへな」

「いいや。ガレージというよりは、商品を置く倉庫じゃなかったかな。地方からの野菜とか果物とかの」

「お前の商売敵だったな」銃把に顎を乗せてそう言ってから相田は考え込んだ。しばらく考え続けていた。「そうか。あれ以後清野から電話がないってことは、噂が本当だとすれば、あいつも敵に加わったってことか」

二人は顔を見あわせた。

「清野がやられる筈ないしな。そうか。そういうことだな」松井が頷いた。

「そういうことだ」

「あいつが敵に加わっていればやばい。あの辺にカナマルがあったな」松井は身じろぎした。

相田がまた背を伸ばした。「銃砲店ならもっと東の方にも何軒かある」

「お前さあ、最後の電話って言うけど、それって順送りにかかってきてたわけだろ。その前の電話とか、前の前の電話とかの話もしたんだろ」松井は身を乗り出した。せき込んでいた。

「男ばかりの群衆って言ってたけど、だったら女はどうなんだよ。女はどうしたんだ」

「それこそ順送りの情報だけど、男何百人かのうしろからちょっと離れて、やっぱり何百人かの女がついてくるって言ってた」相田は考えながら言った。「そいつらも武装してるかどうかは訊かなかった」

松井はただ唸っただけだ。陽が傾いて二人の顔は互いに見えにくくなった。

相田が言う。「そいつらの中にはあの昔の暴走族の連中もいるのかな。かなわんなあ。けったいな集団だ。軍団、かな」

「統一取れてりゃ、軍隊だ」松井はやけくそじみた笑いをからからと笑った。

「素人が突然、銃なんて撃てるもんか」相田もちょっと笑った。「女なら尚更だ」

「いやいや、待て待て」松井がまた天井を仰いだ。「さっき三階へあがった時に大下が言ってたけど、今のところ銃声は遠くの方で一発聞こえただけだそうだ」

「どんパチやっとらんのか。だと思ったぜ。そんな情報ないもんな。やっぱり順に敵へ加わっとるのか」相田は眉を顰める。「あいつらの武器は何だ」そう言ってからまた、眼を奥に引っ込めるような顔になった。「夜、商店街を轟音でバイクを走らせた連中の、あいつらの武器は何だったかな」

しばらく考えてから松井は言った。「武器というか、バイクそのものとか、鉄パイプとかいったもんだろ」彼は眦《まなじり》をあげて相田を見つめる。「なあ。俺たちは商店街をずっと愛してきたよな」

「何だよおい。愛してきたただなんて」相田は顎を撫でて笑った。「まあそうだ。愛してきたから護ってきたんだ」

「だからあいつらを商店街に来られなくしようとした」

「そうだ。だからあいつらと戦った」

「今度の敵も商店街へ来る」松井が相田を睨んで言った。「商店街だけじゃないけど、この町全体だけど、おれたち、やっぱり護らなきゃな」

「逃げる気はない」相田は間延びした口調で言った。

「よかった」松井がいからせていた肩を落とす。

「逃げる気はないが、どう戦っていいのかよくわからん」相田はそう言って首を傾げ、それからかぶりを振った。「何だと。全員、頭が赤いんだと」

「ああ。禿げとるんだそうだ」ふふ、と松井が笑いを洩らした。眼は笑っていなかった。それから大きく吐息をついた。「最後にテレビ見たのいつだっけな。停電以後情報が何もない。おい。バッテリーまだ大丈夫か」

「節約しなきゃならんからな。でも、そろそろ点けるか」相田は懐中電灯に手をのばし、また引っ込める。「いや。まだいいか。手回しのLEDライトもあるしな」

陽は大きく傾いた。まだ駅周辺はよく見えていた。

二人はしばらく沈黙した。

「あの辺が見えなくなったらアウトじゃ」相田は言った。「何。頭が禿げていて赤いんだと」

相田はまたそう言って身じろぎした。

「しかも、光るらしい」今度は笑わずに松井が言う。「アホなデマが飛ぶもんだ」

「いろんなデマで、そんなデマが飛ぶたびにみんな逃げて、今商店街にいるのは何人ぐらいかな」相田は額に皺を寄せた。

「女子供はだいたい逃げた」松井は頷いて言う。「今朝、見回った」

階上の床を靴音が走った。

「きーた来た来た来た来た」銃を背にした大下が狩猟用の手袋をはめながら三階からの鉄階段を駈けおりて来た。彼は細身だが背が高く、肩はがっちりしていて色白だった。「ガードの向こうまで来たぞ」

一瞬大下を見て、二人はすぐ高架橋に顔を向けた。鉄道線路の走る彼方の国道の空が赤く光っていたが、それが夕陽のせいでないことは明らかだった。日の名残りはとうに西の空にあったからだ。赤い光は揺れ動いていたし、ガード下から線路の間を空に向かって抜ける赤い光線が見えた。

大下は二人の西側の窓際に座り込んだ。窓を少し押し上げ、隙間から銃口を突き出し、ひゅーっ、と息を洩らした。「先頭がすぐに出て来る」

「そうか」松井は叫ぶように言った。「そうかそうか。来たか来たか」

そのあと三人は銃口をガード下に向けたまま、口を閉ざした。

手に銃を持つ者、持たぬ者、いろんな荷物を持つ者などの集団が駅の北側のロータリーに向かって、雲の塊りのようにもくもくとガード下に姿を見せた。出て来るにつれて彼らの頭部が一様に赤く禿げていて、光っていることが明らかになった。彼らは次つぎに出てきた。無限に出てくるかに見えた。狙っている三人は無言のままだ。

集団の先頭にいる二、三人が銃を構えていた。そのひとりに向けて松井が発砲した。続いて大下が発砲した。どちらかの弾が命中した。商店主、または喫茶店の主人とも見える身なりの男がのけぞり、二、三歩たたらを踏んで前のめりに倒れた。その時、集団の頭部の赤い光が一斉に強く輝いた。

一時間ほど後、集団は茜町商店街を抜けて北へ向かっていた。ひと山越せばまた線路沿いの隣町だ。黙もくと行進する彼らの中には大下、相田、松井の姿もあった。彼らの頭は赤く禿げていて、光っていた。

# 手を振る娘

# 手を振る娘

数年前に流行した佐藤千夜子の東京行進曲が、また流れてきた。よほど気に入っているのか、おれの家の向かいにできた婦人洋品店の店主がこのレコードをかけ続けている。最近あちこちに女物の洋服や靴や化粧品を売っているこうした婦人洋品店ができているが、道を行く女たちの十人に八人はまだまだ着物姿であり、洋服を着ているのはたいてい職業婦人か女学生だ。おれの書斎の窓からは、道路を挟んでこの店のショー・ウィンドウが見え、そこには五体ほどのマネキン人形が立っていて、日を置いては洋服を着せ替えられている。なかなか面白いがおれは婦人服にあまり興味がないから、午前中に一度磨りガラスの窓を開けて空気を入れ替えたあとはまた窓を閉め、以後は執筆に集中するので外を見ることはない。

ある朝、窓を開けると書斎の正面の、ショー・ウィンドウの左端の空間に店員の制服を着た娘が立っていて、おれを見るなり何やら嬉しそうに手を振ってきた。若手の作家としていささか名が売れているおれのことを知っているようだ。おれも手を振り返した。娘はさらに笑顔になって手を振り続けている。まんざら美しくないこともなく、可愛いといえば可愛い娘である。しかしいつまでも手を振り続けているわけにもいかず、程よいところでおれは大きく頷いてから窓を閉めた。

それからは、朝一番にまず彼女と手を振りあって挨拶するのが日課になってしまった。ショー・ウィンドウのガラス越しだから互いに声は聞こえないので無言で手を振りあうだけだ。それが二週間ほど続いた。彼女、休みの日はないのかな、そんなことがいささか気になった。洋品店に休みがないことは知っている。店内にいるのをよく見かける老店主はよほどの働き者らしい。

だがこちらは、一日中執筆を続けるのが日課というわけではない。たいてい午後から夕刻にかけては打合せだの付きあいだの、その多くは夜遅くまでの飲んだり食ったりで終るのだが、手を振る娘との朝がたの挨拶はずっと続いていた。しかしそれが出来なくなってしまった。講演旅行に行かねばならなくなったのだ。作家が三人、付き添いの編集者が一人というメンバーで、九州各地を順に訪れるのだが、ずいぶん遠方まで汽車の旅が続くから東京の家に戻るのが一週間以上も先になってしまう。

旅は楽しかった。作家のひとりは美貌の女流作家であり、もうひとりの若手作家は飲み友達であり、編集者が優秀な文学通なので汽車の中でも退屈せず、行く先ざきでちやほやされ各地の美味珍味を味わった。流行作家を実際に目にすることなど滅多にない地方の人たちはおれたちの話を夢中になって聞いてくれる。旅はあっという間に終った。その間あの手を振る娘のことなど、まったく思い出すことはなかった。

どうしたのかと心配しているだろうな、などと思いながら帰京の翌朝、おれは窓を開けた。娘が立っていた。おれは手を振ったが、彼女には手を振る気配がない。恨めしげにおれの顔をじっと見つめるばかりだ。眼が潤んでいた。長い間の無沙汰を恨んでいるのだろうか。おれはちょっと辟易した。これはいかん、どうやら娘はおれに恋い焦がれ、執着している様子である。

しばらく窓は開けず、流行作家に恋するなど分をわきまえぬも甚だしいと彼女が冷静に反省するまで放置しておくに越したことはない。おれはそう考え、それからしばらくは窓を開ける日課を断つよう自身に強いた。窓は他にもあるから空気の入れ替えなど気にすることはない。

しかし、あの娘の恨みっぽい顔がいつまでも気になった。三、四日経って、つい習慣で窓を開けそうになり、おれはあわてて手を引っこめた。いかん、あの娘が立っているぞ、そう思ってやや怯えている自分に、おれは猛然と腹を立てた。いったい何をびくびくしているのだ、相手はたかが小娘ではないか。おれはいつもより乱暴に窓を開けた。娘が立っていた。

髪が逆立っていた。その顔を見ておれは慄然とした。顔中がひび割れたように皺だらけとなり、まるで山姥《やまうば》だ。その表情といえば、怪猫というべきか般若というべきか、恨みと怒りで眼が吊りあがり、赤くかっと開いた口が耳もとまで裂けている。わっ、と叫んでおれは勢いよく窓を閉めた。

しばらくは、顫《ふる》えがとまらなかった。あれは何だ。娘と思っていたが怪物だったのか。あの恐ろしさと忌まわしさは見た者でないとわかるまいな。おれは腹具合を悪くして下痢をした。それほどの衝撃だったのである。しかしあれは本当にあの娘だったのだろうか。時間が経つうち、おれは自分の見たものがどうしても信じられなくなった。あんなものが洋品店のショー・ウィンドウに立っている筈はない。確認する必要があった。あんな怪物に追いかけられ、家にまで来られたら家人にまで迷惑がかかる。

昼過ぎになってやっと、おれは向かいの店を窓から覗こうとするまでの勇気を取り戻した。窓際に佇み、おれは恐る恐る窓を細めに開け、隙間から彼方のショー・ウィンドウを眺めた。娘はいなかった。そこはあの娘が立ち始める前のままの、フロアーの隅の空間だった。

そのフロアーの彼方、小物を陳列しているケースの横のカウンターで算盤をはじいている店主の姿が見えた。おれは立ちあがり、家人には煙草とインクを買いに行くと言い置いて着流しのまま家を出た。道路を横切り、向かいの婦人洋品店に入る。

「おお。これはお向かいの先生」店主が顔をあげ、笑顔で言った。「開店した折、ご挨拶に伺ったきりで」

「いやいや。そんなことは」どうでもいいとおれは片手で制した。「ちょっと訊きたいことがあってね」

「はい」近くで見ると、老人だと思っていた店主は案外若かった。四十七、八といったところだろうか。

「あそこの、いちばん端によくいた娘さんのことなんだけどね」わが家の窓に面している部分をおれは指した。

「ああ。あの子ですか」「どうしたの。いなくなっているけど」

「ああ。あの子ですか」店主は悲しげな顔になり、かぶりを振った。「あの子は昨夜、掃除婦の粗相で倒してしまいましてね。壊れたので業者に引き取らせたんですよ」

「いやいや、マネキン人形のことなんかじゃなく」

おれは店主が自分の店のマネキン人形のことを「あの子」と言っていることに気づき、かぶりを振った。女店員のことだと言おうとしたのだが、店主はなぜか悲しげな顔のままで話を続ける。「他の子に着せた服は三日と経たずに売れるんですが、あの子に着せた服だけはなぜだか全然売れないんですよ。顔立ちはいいし、嫌われる筈もない。なぜだか理由がわからないんですよ。しかたなく店員服を着せて、ほら白い襟のついた紺色の、店員の制服みたいなやつですよ、あれを着せてあの南側の隅に空間があったので、あそこへ立たせておいたんです」

おれは唖然とした。その空間とはまさにあの娘の立っていた場所ではないか。ではあの店員の制服を着た娘はマネキン人形だったのか。まさか。そんな筈はない。

そんな筈はない、と言おうとしたものの、店に置いているマネキン人形たちをよほど可愛がっているらしく、店主のお喋りはとまらない。「昨夜閉店したあと、掃除していてあの子を倒しちまった掃除婦は、あの子の顔が見るも無惨に壊れていたので、わたしがいなかったもんだから報告もできず、とりあえずもとの場所へ立てておいたそうです。わたしも今朝見ましたが、ああなってしまってはもう修理もできず、ついさっき業者に引き取らせました。可哀想でしたがね」そして店主は怪訝そうな顔になった。おれが何でマネキン人形のことなどを訊きにきたのか、やっと不審に思いはじめたようだ。「それで先生、あの子が何か」

しばらく唖然としたままだったおれは、あの娘がマネキン人形だったことを認識しようとし、やはり認識できないままに今までのことを店主に話した。「ええと、三週間以上も前になるんだが」

あの場所に手を振る娘が立っていたこと、毎日のように手を振りあっていたことから始めて、今までのことをすべて話した。店主はやや顔を伏せ気味にしてじっとおれの言うことを聞いていた。

話し終え、おれは店主の顔を見つめて言った。「今朝、あの娘があんな恐ろしい顔に見えたのは壊れていたからだ、ということは今わかったけど」おれはかぶりを振った。「いいさ、すべておれの思い込みだった、ということにしておこう」

店主もかぶりを振った。「いえいえ。先生の仰有ることだ。理由もなしに嘘八百を仰有るわけがない」意外にも彼はおれの言うことを受け入れてくれたらしい。

「だとしたらね」おれは彼に疑問を投げかけた。「あの娘さん、いやいや、マネキン人形でもいいんだが、最初におれを見たとき、なんで手なんか振ったんだろうね」

店主は顔をあげておれを見つめた。涙ぐんでいた。「やっぱり、寂しかったからでしょうねえ」

# 夜来香

三人の男の顔を見て、いつもなら「ああいらっしゃい。今夜はまた三人お揃いで」と愛想よく迎え入れるのだが、古谷淑子の顔は曇っていた。何しろ戦争が終るという噂が流れていたから、上海の繁華街は騒然としていたのだ。店内は片側がカウンター、その前が小さなサロンになっていて、奥には二階への狭い階段があった。

「出発の用意はいいか」と、入ってきた公安一課長の黒岩が言った。

淑子は三人の警察官の顔を見比べた。三人とも少し顔をこわばらせていた。

古谷淑子が経営する「夜来香」は酒や小料理も出す娼婦の館で、若い娘が三人いた。彼女たちも身をこわばらせていた。淑子も含めて女たちはみな中国服姿だった。二十七歳の董白、二十三歳の蓮李、十九歳の小果で、三人とも中国人である。しかし長いこと日本人社会に溶け込んで生活してきたので日本語は流暢だ。

黒岩直属の配下である柳田が言った。「車を三台待たせている。のんびりしていると兵隊がくるぞ」彼はがっちりした体格でいかにも警察官らしい強情そうな顔をしていた。

公安課若手の魚住が小果を見つめながら言った。「君たちみんな、郷里へ帰るの」

「私たちみな、郷里には帰れないわ」董白が代表して言った。「皆で相談して、しばらくは今までのアパートにいて、様子を見ることにしたの」

淑子が言い出しにくそうに少し身をよじらせた。「あのう、黒岩さん。私たち、お客さんからそれぞれ貰ったものがあるの。誰から貰ったのか、誰が貰ったのか、もうわからなくなって、全部一つの箱に入れてあるんだけど。今持って帰らないと、兵隊さんに没収されてしまうと思うのよ」

柳田は眼を光らせた。「なんだそれは。宝石か」

「宝石とか、壺とか。指輪とか」

「ここへ持ってきなさい」

柳田が高飛車に言ったものの、淑子はかぶりを振った。「いやよ。没収しないと言ってくれなきゃ、持ってこないから」

「よし。こうしよう」黒岩は笑いながら言った。「没収しないと誓っても信じられないだろうから、お前さんたちが値打ちものや好きなものを取ったあと、俺たちが残りを戴くっててのはどうだ」

「君たち、幸運だよ」魚住が頷く。「黒岩さんは公安きっての目利きだからね。君たちじゃ何もわからんだろ」

「取ってきます」淑子が奥の部屋へと身を翻す。

淑子が持ってきた蜜柑箱の中身がテーブルに並べられると、柳田は落胆したように言った。

「なんだ。これだけか」

いちばん大きな品が骨董品らしい壺だ。黒岩が言う。「李朝の白磁だ。長壺と言う。誰だこんなもの持ち込んだのは」

「それは憶えてるわ。ちょっと預かってくれって言われたの。初めて来たサングラスの若い人よ。でもそれ以来姿を見せないから」淑子はじれったそうに訊ねた。「ねえ。そんなことどうでもいいから、どれくらいするのか早く教えてよ」

「まあ、今だとわたしがこの店に十回来たくらいの値段かな。この中ではいちばん値打ち物だろう。だけどな、これから先、物価がどうなるかは全くわからんぞ」黒岩は溜息をついた。

「あくまで他の品物との比較で言うしかない」

「これ、わたしが貰っておきます」淑子は他の三人に言った。「いいわね」

三人が頷くと同時に柳田は大声を出した。「魔都じゃのう。その男、どうせもう来やせんよ。殺されたにきまっとる」

「次の値打ち物と言えば、まあこれかなあ」黒岩はヴィーナスの横顔が彫られたカメオのブローチを指先でつまみあげた。「アルベルティーナ・コルシーニだ。金鎖がついてる。その壺ほど高価なものではないが、まあいいものだ」

「じゃあ、順序としてそれは董白ね」淑子は幼な友達でもあった娘に頷きかける。

「嬉しいわ」董白が金鎖をつまんでカメオをハンドバッグに入れた。

「蓮李。あなたの番よ。黒岩さん。どれが上物なの」

淑子に言われて黒岩はもう一つのカメオを指さした。若い娘の顔が、ヴィーナスとは反対に左を向いている。「これかな。テオドーロ・ダミアーニと言う。鎖はホワイト・ゴールドだ。いいものだが、惜しいな。ここにかすかに瑕《きず》がついている」

「あのう」蓮李は恥かしげに首をすくめながらテーブルの端の方へ手を伸ばした。「わたし、このカメオよりも、これが欲しいんだけど」彼女がつまみあげたのは縦長で透明の水晶だった。

「あっ。それ」何か思い出した様子の小果が小さく声をあげた。「姐さんが王さんから貰ったのよね。わたし横で、いいなあと思って見てたの」

「ほほう。王ってあの色の白い実業家か。あれがお前の恋人だったのか」柳田が莫迦にしたような声を出した。

「ヒマラヤ本水晶だな。天使の梯子って言うんだ」黒岩が言う。「さほど高価なものではないが、傷もないし美しい」

「じゃあ、順送りでそのカメオは小果行きだわ」

淑子がそう言うと、魚住は自分のことのように嬉しそうな顔をした。「よかったな、小果」

「おあとは皆さんで、およろしいように」淑子がそう言った。

「この粒ダイヤ。面倒だな」黒岩が言って十何個かの小さなダイヤをテーブルの片側に寄せた。「大きくても一カラットか二カラットだ。一個が十元から三十元にしかならん」黒岩が投げやりな口調で部下たちに言う。「お前ら先に、好きなもの取れ」

柳田が迷っているうちに、「じゃあ、わたしはこれを」と言って魚住はテーブルの隅の粒ダイヤを片手でもう片方の掌に移した。

「じゃあわし、よければこれとこれ」金の指輪と、先端に小さな真珠のついた金の鎖を柳田がつまみあげてポケットに入れる。

残りは得体の知れない宝玉らしきものが六つだ。石ころに見えた。溜息をついて黒岩がそれを取った。取りながら不思議そうに彼は魚住に訊ねる。「お前、そんなつまらん屑ダイヤ、どうするつもりだ」

満面の笑みで魚住は言った。「残り物には福があると言いますので。それに小銭が必要な時、これなら売りやすいだろうと思いまして」

「確かにな」そう言ってから黒岩は女たちに向きなおった。「えらい手間を食った。そろそろ行かんとな。ママ。わしがあんたをアパートまで送ろうか」

「わたし、もうここへ来られないかも知れないし、まだ片付け物があるから。アパートまでなら歩いてでも帰れるし。それに、兵隊さんが来るのなら待っていないと」古谷淑子は少し潤んだ眼で黒岩を見つめた。「もしかしたらもう逢えないかも知れません。お世話になったわ」

「またな」黒岩は淑子を見つめ返した。それから、まるで未練を断ち切ろうとするかのように勢いよくかぶりを振って部下たちに言った。「柳田。お前は蓮李を送れ。魚住は小果だ。おれは董白を送る。彼女のアパートがいちばん遠いから、お前たち先に本部に戻ってろ」

日本が敗戦する直前の「夜来香」の前の道路はまだ人で賑わい、車で混雑していた。

全員が出て行き、店の中には淑子ひとりが取り残された。彼女は店内を見まわした。この「夜来香」を開店した時、まだあの「夜来香」という曲はなかった。「夜来香」の原曲で黎錦光という中国人が作詞作曲した歌謡曲はあったが、まだ曲名を変えて李香蘭に歌われる前のことであり、それまではただのガガイモ科の植物だった甘い香りのする花の名前を淑子が店の名前にしたのだった。しかしその後、日本では「夜来香」が流行しはじめ、中国で歌唱が禁止されてからも日本で「夜来香」は流行し続けている。

# コロナ追分

店は開けたしコロナは怖し、ワクチン打たねばなお怖し。赤提灯に灯を灯す。開ければ開けたで人が来る。若い奴らがどっと来る。客ではあるがこいつら憎い。来るなと言いたし叫びたし。しかし笑顔で言わねばならぬ、いらっしゃいませ毎度あり。お前らこの危機わかっておるのか。どうせテレビを見もせん輩じゃ。

あっちもコロナ。こっちもコロナ。あっちに転んでえっさっさ。どっちに転べばよいとまけ、どっちらけの毛の毛の灰だらけ。桜が咲いてお堀端、悲願桜か顔の色、来てはいけない飲んではいけない、歌うな話すな笑うな食うな。いつの話かもう聞き飽きた。緊急事態宣言だとさ、逃げる記憶が見え隠れ。ほうら宣言解除だそうな。

カモネギー・ホールのコンサート。ここはインベイダー証券か。ゴーストバスターズ証券か。株主総会やる会社、株価の値上がり嬉しやな。悲しや悔しや羨ましやな、あいつは成金大儲け。あたしゃ手ぶら崎調子郎、とりつく島からやってきた、なんの取り柄もない男。食うていくにも知恵がいる。テイクアウトでひと稼ぎ、宅配弁当でふた稼ぎ、どちらも家賃に追いつかぬ。給与の支払いできません。

　わくわくワクチンぱらぱら漫画、パンデミックか消滅か。あれまあんさん折作さん、どちらの道をお行きやる。ここは追分ふた筋道さ。どっちへ行くかは決めたのかい。ここが思案のオリパラ峠、無観客なら行けぬわい、選手がいるなら行かずにゃおれぬ、だが村からは出ちゃならぬ。今のところは未決定。いいえやります必ずやります。変異ウイルス来やせぬか。PCRで検出できるか。今日見る夢は変異株、明日見る夢は第四波。いいや第五波第六波。出たよ出ましたついに出た。時短要請に応じずば、過料だってさ過料だ過料だ。三十万円の過料です。その命令は東京都。その命令は憲法違反。その命令に違反する、そう豪語して意見書提出、大手飲食チェーン店。都の反応はきつかった。表現の自由行使して、社会に影響齎《もたら》した、ほかの店にも波及する、かくて出された命令に、飲食店側提訴した。

　ソーレ花見じゃ花見じゃお花見じゃ。見るわい行くわい飲むわい食うわい。なんでやったらいかんのじゃ。言うこときかなきゃどうするどうする。やれるもんならやって見い。ほら見ろ感染拡大じゃ。

　リレーじゃリレーじゃ聖火リレーじゃ、なでしこジャパンでリレーが開始じゃ、もはや中止はできんだろ。これが国民元気づけるかはたまた感染拡大させるか。おやあちこちでリレー拒否。拒否する拒否県続出だ。寂しや万博記念会場、見物人は家族だけ。

そら来たそら来た第四波。それマンボウだマンボウだ。なんと大阪、東京抜いたぞ。感染者数で過去最大。みごとに医療崩壊で、蔓延防止の策はない。抜け作失策、策はない。アラ策はない。ソレ策はない。ほうら大阪千人越えた。どうなることかどうなるコロナ。

「コロナにかかりゃかかったで、そらまあ仕様ないやろな」何言いさらすこのボケが。どれだけつらいか知っとるか。まあお笑いの大阪じゃ。笑うて笑うて死んで行け。

人の流れと人の世は、澱みもあれば谷もある。コロナの感染忘れたら、行く先なくして死ぬだろう。ルール守れと言う側が、ルール破って違反会食、ついに出ました大量感染、深夜、多人数、クラスター。インドイド、インドイド、インドが大変インドイド。インドイドッド、インドイド。あの沐浴がインドイド。死体を燃やす薪がない。

ファイザー、モデルナ、アストラゼネカ、ユーザー、走るな、明日また来るか。射つか射たぬかワクチンどうする。余ったワクチン誰にやる。予約の電話が掛からない。パソコンできない高齢者、スマホもできない高齢者。感染者数が減っているとは、どんな口して言いさらす。ついに出ました自衛隊、集団接種やり出した。大規模接種会場じゃ。そら行けやれ行け三密じゃ。感染じゃ。血栓じゃ。若いやつらがお陀仏じゃ。

花の巴里やら羅馬やら、中国アメリカみな解除。医療崩壊日本だけ、なぜになぜなぜ日本だけ。緊急事態宣言の、都道府県がどんどん増えて、北海道も沖縄も、おやおやついに沖縄も。なぜこの店は東京で、朝まで酒を提供するのか。そうねえ誰の頭にも、店主の頭にコロナなど、客の頭にコロナなど、もう存在はしないでしょ。飲むなと言っても飲むでしょう。緊急事態宣言の効果なんかはないでしょう。うちはやります、やり続けます。援助金など遅れに遅れ、結局今までくれないんだから、とうに限界きています。酒を出すなと言うけれど、あれはあくまでお願いだ。なんの効果もないでしょう。うちは出します飲ませます。朝の五時まで飲ませます。

多少の犠牲は払わにゃならん、バッハ会長大失言。犠牲払うは日本人、たちまちネットで大炎上。さらにはさらにはよく言うた、日本の総理が何を言おうと、それは個人の意見に過ぎない。嫌われようとしてるのか、そうだろうとしか思えない。

中国広東広州じゃ、ワクチン接種で大混乱、柵を乗り越え雪崩れ込み、前に並んでいる人の、肩に手を置き割り込み防ぎ、濃密ぶりに大慌て、至急接種を中止する。際立つ日本の行儀良さ。尾身会長は言いました、フツーはない、フツーはない、この状況で日本がオリパラやるのはフツーはない。そんならわしらは異常者か、たちまち政府は不快感。

近隣県は次つぎと、パブリック・ビューイングやらないよ、ビール片手にわいわいと、応援されてはたまらない、声援されては感染だ。それとは逆に大都市の、集団接種の会場へ、老人たちが行きません。近くの医者でやりました。それでもやっぱりコーツさん、来たよ来ましたコーツさん。ちょうど蔓延防止等、重点措置に移行して、さあさお酒が飲めますよ、七時までなら飲めますよ、さっそくビールを仕入れましょ。二人までならいいですよ、四人までならいいですよ。それ行けやれ行け出歩け騒げ。空見たことか海見たことか、感染者の数どんどん増えて、半数以上が若い人。聖火リレーをやめる県、これだけ出てもまだやるの。やりますよ。やりますよ。無観客でもやりますよ。どうしましょ。どうしましょ。やはり観客入れましょう。どうするの。どうするの。都知事はついにダウンした。マスクもせずに大口あけて、大声出してサッカーサッカー、サッカッカ。たちまち感染二千人、来ないでイギリス、サポーター。緊急事態は四回目、それがトーキョの現状なのよ。

バッハッハッハそら来たよ、みんなのお顔もバッハッハ。バッハッハ、バッハッハ、バッハ来ましたバッハッハ。嬉しいような怖いような、ドキドキしちゃう私の胸。言いたい放題バッハさん、無観客とは理解できない。それでも東京近隣県、北海道も無観客、どんどん増える無観客、どんどん近づく開会日。なんと言うにも事欠いて、日本人をば中国人、アラ面白山のバッハ郎。

金融機関に融資をするなの、酒類販売事業者に酒を売るなのお達しで、世間知らずも甚だしい、怒って怒られ取消し陳謝、経済再生大臣に、辞任を迫る野党側。あと五日、あと四日、あと三日、迫るオリパラどうするどうする、やって来る来る選手団、次から次へと陽性反応、行方不明の選手もひとり、外出自在のマスコミ関係、増える濃厚接触者。

始まった始まった、オリンピックが始まった。増えるよ増えるよ感染者。二千三千、四千五千と、うなぎ上りの東京都。増えるよ増えるよ金メダル、選手村では中庭に大勢集まり大宴会、試合終れば観光に。今日も出ました亡命者。あれまあオリパラ関係者、感染もうすぐ三百人。

自宅療養一万人。このまま自宅でお願いします、これは敗北宣言か。でも終ったよ終ったよ、オリンピックは終ったよ。選手はぞろぞろ日本から逃げていくのか帰国するのか。三十、四十、五十代、働き盛りの感染者、どうしてこんなに多いのか。オリンピックの打ち上げか。仕事終って皆打ち揃い、飲食店へ繰り込むからか。家に帰れど食い物はなく、なんで帰ってきたのよあんた、どこかで食べてらっしゃいよ、お願い家では飲まないで。そりゃまあどこかで飲むわなあ。二十代なら路上飲み、十代やっぱり路上飲み。自宅療養家族に感染、そしておのれは重症化。

さあさあお盆じゃお盆休みじゃ、家族で郷里へ帰りましょう。マスクなしでの団欒に、喋って喋って唾飛ばし、昔馴染と濃厚接触、久しぶりだねホテルへ行こう。知らなかったよ後遺症、こんなに辛いものだとは、あんな店など行かなきゃよかった、後悔してももう遅い、味がわからぬ香りも嗅げぬ、鬱になるやら気力が出ぬやら、おれは壊れたわたしも壊れた。今現在で感染者、二億を突破、死んだ人、四百五十五万人。やっぱりワクチン射たねばならぬ、渋谷の接種会場に、並んだ並んだ若者が、原宿駅まで並んだよ。そんなに来たって射てないよ。河村市長も感染だ、噛んだメダルで感染か。怖いよミュー株ミューミューミュー株。コロナに専念しますとて、菅さんとうとう辞めちゃった。総裁選に突入だ。緊急事態宣言の真っただ中ではありますけれど、緩和の声も出ていることだし、東京都内の感染者、減ってきていることでもあるし、ここらでちょっとひと区切り。

これさあんさん折作さん、お前はどっちへお行きやる、ここはコロナの別れ道。どっちへ行っても山頂じゃ。ここはどこいら辺りかと、聞かれりゃ答えてわかりません。富士山ならば五合目あたりか、それもわからんわかりませんわい、そもそもこっちが富士山と、なんで思うた折作さん、富士山ならば収束が早くて来年再来年。そんならこっちへ行きましょう。これさあんさん折作さん、こっちへ行くとは早合点、もしもこっちがヒマラヤのエベレストとすりゃ何とする、その高さ聞きゃとんでもない、富士の二倍じゃ三倍じゃ。登って登ってまだまだ登って、頂上踏破は十年先か、二十年もの先になるのか、それは誰にもわからぬことよ。ままよとここで休んでいたら、コロナは永遠お友達。

さても読者の皆様方よ。コロナを巫山戯《ふざけ》て書きました。お怒りでしたらお詫びをしますが、作者の言い分申し上げます。そもそもわれわれ日本人、生真面目過ぎていけません。苦しむ人の多いなか、コロナで冗談言うとは何ごと、不謹慎も甚だしいと、眼を三角にするお方、これぞまことの日本人、ほんとにほんとにご苦労さん、言い返す気は御座いませんが、これはあくまで世間の常識一般人の考えで、文学者まで追随し、コロナに関する生真面目さ、こりゃまあ一体なんたるコロナ、小説家としてだらしない。あくまでわたしの考えですが、文学やるなら常識捨てて、世間の糾弾身に引き受けて、何でも書くのがまともな作家、ここは良識退けて、不真面目さをこそ追究せねば、なぜになったか文学者、純文学誌もなさけない、コロナとなれば及び腰、先生これはやめましょう。なんの小生平気の平左、言われりゃまだ書く反骨精神、笑って続けるコロちゃんづくし。コロナ、コロナ、どうしてあなたはコロナなの。コロナ切なや、遣る瀬なや。コロナ、コロナ、コロナ苦いかしょっぱいか。コロナ、コロナで半年暮らす、後の半年ゃ寝て暮らす。コロナ居良いか住み良いか。

# 塩昆布まだか

「あんたどうしたの。すごい音したけど。もう、ご飯食べてる最中に急にお便所行くんだから」

「へんじょのとに、ふっつかっら。あごうってひたかんら」

「舌噛んだの。あら血が出てる。あのお便所の戸、開きにくくなってるのよ」

「なにもはも、ふるなっへしもうへ、ふかわれへんもんあーかりになっれくもへなあ」

「そうなのよあんた。電気釜もおかしくなっててね。水加減がやりにくくって困ってるのよ」

「ろなべれたけ。ろなべれたけ」

「えっ。何。ああ土鍋ね。あれ、棚から落して割っちまったわ。もう十年も前よ。それからねえ、だいぶ前から洗濯機が壊れたままなんだけどね」

「ひゅーりやをよんららいいらろう。いちいちわしにそうらんするな」

「一年前に壊れた時、旭電気の岸本さんに来てもらったでしょ。あの時、今度壊れたらもう修繕できないって言われたのよ。ねえ。もうお茶碗やらお皿やら、片付けてもいいかしら」

「ちょっろ待て、ちょっろ待て。茶漬けを食べるから、塩昆布をくれ」

「あらっ。舌がなおってきたのね。よかったわあ。さあ、塩昆布、あったかしらねえ。あの洗濯機、一年前に古谷家電の市川さんが直してくれた時はもう次は直せないって言ってたの。どうしよう」

「洗濯機って、ろれくらいするんら」

「安いものでも五万円って言ってたわ。そんなお金ないし」

「手れ洗え手れ洗え。昔はみな手れ洗ったんらから」

「だって、昔みたいな盥もないし、洗濯板もないし、ああいうものみな、今買うとなったら結構高いし」

「洗濯いらは今、お前庭の植木鉢の台にしとるじゃないか。盥もなあ、どこかで見たぞ。そうじゃ。勝手口の手前じゃ。三毛がまだ生きとる時、砂入れてあいつの糞しにしとったじゃないか」

「どちらももうないよ。壊れて」

「何か工夫できんのか。淳一がいてくれたらなあ。あいつ東京から今度はいつ帰ってくるんだ」

「何言ってるの。淳一はもう五年も前に死んだじゃないの」

「わあっ。そうだったなあ。そう言やああいつの姉の美知子ももっと早くに死んだんだった。三十八歳だったか、そんな歳だったぞ。みんな死んで行くんだなあ。まるで家具が壊れるみたいに、ことんと死んでいきおる」

「そうだねえ。まるで家具が壊れるみたいにねえ」

「みんな壊れおったわい。壊れてないのはわしらだけか。いやいや。わしらももうだいぶ壊れとるわい。ええいもう、何もかも壊れおったわい。おい、茶漬けを食べるから、塩昆布をくれ」

「塩昆布、あったかしら。あれっ。ニュースでこの辺の火事のこと言ってるわ。これ、この辺でしょ」

「わっ。何だこの音は」

「ご免ね。テレビの音量、リモコンで上げたら急にこんな。これ、リモコンが悪いのかしらテレビが悪いのかしら」

「耳がじいんとした。耳がじいんとした。何言ってるのかわからん。耳がじいんとしてよく聞こえん」

「ちょっとちょっと。これ浜通りの備前屋さんでしょ」

「あーっ。これ備前屋じゃねえか」

「違うわよ。備前屋さんよ。浜通りの」

「そうか。おれはまた備前屋かと思って吃驚した。おい。茶漬け食うから塩昆布くれ。ああ飯がないから飯もくれ」

「ああご飯ね。ちょっと待ってね」

「わーっ。何だこの音は」

「ご免ね。フライパン落したの」

「頭ががーんとした。頭ががーんとした。何だこの音は」

「はい、ご飯ね。お茶持ってくるからね」

「何言ってるのかわからん。塩昆布くれ塩昆布」

「さっきフライパン落してね。それで耳がじーんとして、あんたが何言ってるのかよくわかんないのよ」

「わあ。これやっぱり備前屋だぜおい。えれえことだなあ。ここの息子とは小学校で同じクラスだったたなあ」

「そうなんだけどさ、でもこのテレビ買ったのは、あれは旭電気だったか古谷家電だったか、どっちだったかしらねえ。ちらちらするでしょ。岸本さんはもしかしたら酒屋のおじさんだったかしら。大分前に亡くなったって聞いたわね」

「ええと備前屋、備前屋。学校の友達だったなあ。たしか舟越君と言ったなあ。懐かしいなあ。と言っても、もう死んどるだろうけどな。ええと、百歳のお祝いだと言って区長が来たのは、いつになるかなあ。とするとお前ももう九十何歳かになるんだなあ」

「そう。もういつ故障してもおかしくないわよね。ああ。塩昆布だったわね。ちょっと待ってね。あったかしらねえ」

「いつまで文句言っとるんだ。だから、手で洗えと言っとるだろうが。昔は洗濯物なんてみんな手で洗ったもんだ。ああ、なんとかランドリーという、あそこへ行ったらどうだ。小銭で済むんだろ」

「これ、何の袋だったかしらん。今、塩昆布探して冷蔵庫開けたんだけど、この袋、前からずっと冷蔵庫にあるのよ。邪魔でしかたないわ」

「わあっ。何をするんだ。なんでこんなものぶち撒けた。こりゃ何だ。眼が見えんわ」

「あーっ。ご免。敷居で蹴っつまずいたの。ああ。これ重曹の袋だった。いつもメリケン粉の袋と間違えるからどうにかしなきゃと思ってたんだけど、なんでずっと冷蔵庫のあんな前の方へ置いたままだったのかしらねえ。しょっちゅう間違える癖にねえ。あらあらあら、頭も顔も真っ白だ。今タオルとってくるから、ちょっと待ってね」

「何しとるんだ。どこにおるんだ。おい。拭くものくれ。拭くものくれ」

「今、タオル濡らしてるからね。ちょっと待ってね」

「眼が見えんわい。何しとる。どこにおるんだ」

「はいはいはい。拭きますからね。顔、上向けて」

「そんなにごしごしやるな。眼が痛いわい。あーっ。何か粉が眼に入った。眼に入った。痛い痛い痛い痛い。おいっ。目薬くれ。目薬くれ」

「はいはいはい。ええっと。目薬目薬ね。どこだったかしらねえ。あっここか。えっ、ここか」

「何しとるんだ。早くくれんか」

「あったあった目薬あった。はいはい。ほらこれね」

「ええい見えんわい。お前が差してくれ。眼をこうやって指で開けとるから、お前が差してくれ」

「はいはい」

「ぎゃーっ。何をした。痛い痛い痛い。眼が潰れる。眼が潰れる」

「あーっ。ご免ご免ご免。これ水虫の薬だったわ」

# 横恋慕

いつも行く釣具店で、おれは毛針に似た、変った形の疑似餌を見つけた。ひとかたまりのテングサの根っこの部分に小さな輪っかがついている。こんなものに食いつく魚がいるんだろうか。おれは同年輩の店主に訊ねた。

「これは何を釣る疑似餌だい」

「さあね」店主は首を傾げた。「実はそれはおれがいつも釣りに行く岩場で拾った疑似餌でね。使い方はまったくわからん。欲しければあげるよ。持って行きな」

おれはその疑似餌で何が釣れるのか俄然知りたくなった。自分で釣ってみようと思い、テングサに似たその疑似餌を貰ってきて早速海岸に出かけた。その日は夕方から磯でツバスを釣ろうと思っていたのだ。ツバスというのは関西方面ではブリの成長過程で、二十センチから四十センチほどになるまでの魚である。しかしツバスを釣る時間にはまだ少し早かったので、早速疑似餌を釣り糸につけ、ルアー釣りの要領でできるだけ遠くへ投げてみた。待ち構えていたかのように、早速手応えがあった。それはまさにでかいツバスを釣った時のような手応えだったのだ。「えっ。これツバスじゃないのか」

糸を引き寄せていくと、近くの波間に浮き沈みしながら何者かがこちらに手を振っているのが見えた。

おれはかぶりを振った。「ツバスが手を振るもんか」

それは小さな魚、ではなかった。水面を叩くのはまさしく尾びれなのだが、上半身は人間の娘だった。ただし全体はあくまで三十五センチほどの小さな魚の大きさであって、いわば小さな人魚なのだった。おれは吃驚仰天した。ひやー、それではあの疑似餌は人魚を釣る疑似餌だったのか。彼女は疑似餌の針の部分にある輪っかに手をかけていた。まるでおれに釣られようとしているようだった。いや、まさにそうなのであろう。針を飲み込んで咽喉に引っかかる痛さを避けるため、把手につかまるように輪っかに手をかけていたのである。

「な、何者だ」おれの足もとで跳ねているその摩訶不思議な生きものにおれは叫んだ。「お前はにに、人魚か。そうなのか」

「そうです」と彼女は言った。小さいから声も小さい。「あなたに釣られたくて、わたしがわざといくつか岩場に置いといた偽の餌、あれをあなたが手に入れて、海に投げるのを待っていたのよ」

近くで見て、彼女の美しさにおれは驚嘆した。現代風の丸顔をした可愛い娘で、髪はアップにしていた。勿論上半身は裸だが、まだ若いらしくて乳房の膨らみはほとんどない。こんな可愛い娘がなんでおれなんかに釣られようとしたのか。

「だって、あなたが好きだったんだもの」娘はそう言った。「あなたがここで釣りをする姿を見て、ずっと恋い焦がれていたのよ」

「だからと言って、おれにどうして欲しいんだ。君とおれとじゃ、大きさが違う。だいたいだな、そう、生きものとしての種類が違うだろうが」

娘は激しくかぶりを振った。「だって好きになったんだもの。大きさとか種類とか、どうだっていいでしょ。お願い。片想いだなんて言わないで。ねえ。連れて帰ってよ」

じっとおれを見つめるその蠱惑的な表情にふらりとして、おれは言った。「連れて帰ってやってもいいが、だいたい君に何を食わせればいいんだい。ああその前に、君をなんて呼べばいいんだい。名前はあるんだろう」

「名前は伊勢のあかね。あかねと呼んでくれていいわ。食べものは何でも。ああ、その辺にあるテングサでもいいのよ」

「わかった」

連れて帰る途中で、こんな可愛いものをもし人に見られたら大変だ。おれはあたりのテングサを拾い集め、クーラーボックスの中の保冷剤を捨てて少量の海水と一緒にテングサを入れた。あかねちゃんはさっそくクーラーボックスに入って寝そべった。気持ち良さそうである。

おれの家は親の代からの一軒家であり、さいわいにしておれはまだ独身だ。釣ってきた魚を入れるため、リビングルームの隣の部屋には大きな生け簀を作っている。中には前日に釣ってきた十センチほどのワカナゴが二匹、そして底に置いた岩には、二、三日前に磯の岩場で見つけてひっぺがしてきた鮑が一匹、張りついている。

あかねちゃんを生け簀に入れてやると、なんと彼女は早速底の鮑に抱きついた。「十郎さん。十郎さん。やっと逢えたわね。わたしよ。あなたを追いかけてきたのよ」

「何だと」おれは思わず叫んだ。「お前はこの鮑と知りあいだったのか」

「ご免なさい」あかねちゃんは項垂れておれに詫びた。「この十郎さんはわたしの恋人だったの。十郎さんがあなたに捕まったので、わたし、あなたを騙してこの人を追ってきたんです」

おれは呆れて言った。「なんとまあ、生きものの種類が違うにも事欠いて、恋愛の相手が鮑とはなあ。こらやい鮑」おれは鮑に怒鳴りつけた。「手前この、鮑の分際でよくもよくもこんな可愛子ちゃんをものにしやがったな。どんな手品を使いやがった。口がきけるもんなら言ってみろ」

鮑は申し訳なさそうに言った。「私は志摩の十郎という鮑でございます。仰有る通り、まさに鮑の分際でこのあかねちゃんに惚れ込んだのです。しかし何と申しましても磯の鮑の片想い、人魚のお姫様から好かれるわけはございません。そこで仕方なく潮を噴いて彼女に虹を見せました」

「虹だと」おれは呻いた。「そんなものでよく、この子の心をつかめたもんだな」

「いえいえ、虹と申しますのは言葉の綾、実際には私の本質を見せたのです。私の本質とはどんなものか、今あなたにもお見せしますので」そして彼は潮を噴いた。

おれは眼を疑った。眼の前に現前したのは着流し姿の少年だった。それは昨今のアイドルたちも及ばぬきりりとした男っぷりの美少年だったのである。「ひやー。こんな姿で瞞着しやがったか。これは手前の本質なんかじゃあるまい。いいや認めぬ。おれは認めない。おいおいあかね、こんなものに騙されてはいけない。これはこいつの噴いた潮による幻覚だ。眼を醒ましなさい」

「いいえ」あかねちゃんは激しくかぶりを振った。「わたしの心はもう十郎さんのもの。誰の言うことも聞きません」

おれは頭を抱えた。もうどう仕様もなかった。しかしおれだって、もうあかねちゃんに心を奪われてしまっているのだ。今やおれが片想いなのだった。あきらめてリビングに立ち去ったものの、時おり生け簀の様子を見に行くとあかねちゃんは幸せそうに鮑に頭を乗せて横たわっている。

嫉妬のあまりおれは深夜にも飛び起きて生け簀を見に行く。なんと志摩の十郎は皿状になった貝殻の部分を下にして、肉の部分であかねちゃんを抱きかかえているではないか。あかねちゃんは夢見るようにうっとりとして抱かれている。そのエロチックな様子におれは気が狂いそうになり、生け簀の横の床に倒れ込んで頭を掻き毟った。

「くそ。どうしてくれよう」たまらなくなっておれは吠え立てた。「くそ。お前たち、食べてやるからな。食べてしまってやる。志摩の十郎、手前はバター炒めにして食べてやるぞ。伊勢のあかね、お前は天婦羅だ。頭からばりばりと食ってやるからそう思え」

ふたりは泣き出した。あかねちゃんはどっと涙を流し、十郎の方は涙が出ないので潮を噴いた。

「お許しください」と、あかねちゃんは叫んだ。「どうかこのまま、もとの磯にお戻しください。あなたを騙したお詫びと、わたしたちを海へ放して下さるお礼を、あなたが毎日釣りに来られる岩場に置いておきます」

「ほほう。そうかそうか」おれは少し機嫌を直したものの、また騙されるのではないかという疑いを捨てきれない。「で、何を置いておくっていうんだ」

志摩の十郎がここぞと大声で並べ立てた。

「中に真珠の入った阿古屋の秘めごと阿古屋貝、あるいは牡蠣でいっぱいの海から持ってきました岩牡蠣、または壺焼き向きの大サザエとか、売れば一個が千円以上と高価な大ハマグリ、ますますもって帆立貝、お望みならばその他にもトコブシ赤貝ホッキ貝、何でも置いて参りますので」

おれは急に欲が出て、にたにた笑いを隠せなくなった。「阿古屋貝はほしいなあ。でかい真珠の入った阿古屋貝ならいくらでも欲しいわい。岩牡蠣もサザエもハマグリも食いたい。毎日そんな貝を持ってきてくれたら、そのほかの貝はいらんわい」

「ああ、それじゃ助けて下さるのね。ありがとうございます」

「ありがとうございます」

こうして伊勢のあかねと志摩の十郎をおれはもとの海に帰してやったのだった。

翌朝、まだ他の釣り人が来ぬうちにいつもの岩場へ行くと、そこには八個の阿古屋貝と四個の岩牡蠣、三個のサザエと十三個の大ハマグリが置かれていた。持ち帰って阿古屋貝を開けてみれば大粒の真珠が一個ずつ入っている。日によって貝の数は違ったが、そんな毎日がしばらく続いた。おれは採った真珠を貯め、食える貝類は自分で食べたり、知り合いの料理屋に売ったりした。大ハマグリなどはけっこうな金になった。

あかねちゃんにまた逢いたくなって、あの疑似餌を投げてみたことがある。しかし彼女は現れなかった。波間から手を振るくらいはしてくれてもいいのに、と、おれは思ったものだ。採った真珠が二連の首飾りを作れるほど溜った頃、貢ぎ物はぴたりとなくなった。ツバスを卒業してもうハマチの大きさになったのかな。大きくなったからもう十郎と別れたのかな。それとも貢ぎ物はもうこれで充分、ということなのだろうか。以後おれは貢ぎ物を当てにして岩場を歩きまわることをせず、以前の通り自分の釣りに精を出した。

その後一度だけ、遠くを泳いで行くあかねちゃんを見かけたことがある。彼女は立派なブリに成長していた。

# 文士と夜警

夜の街を着流しで歩く。歩いて小料理屋の「畦道」へ行く。「畦道」は創作料理を自称するカウンターだけの店であり、手伝いをするのはクリコという可愛い娘だけだ。クリコがどういう字なのかはわからない。亭主は儂《わし》のことを文壇のレジェンドなどと持ちあげてくれる六十代半ばのいかつい顔をした男だ。儂は来年米寿になるし二年先には卒寿になるからレジェンドと言われても仕方あるまい。亭主はクリコのことを「街かどで拾ってきた娘だ」などと言っている。

奥の端の折れ曲った部分が儂の定位置で、毎晩のように来ているから亭主は他の客をここへは座らせない。今夜は入口の近く、つまり儂からいちばん離れた席にサラリーマンと思える中年の男が一人いるだけだ。居心地がいいので儂はここへ必ず夕食を食べにくる。妻が入院しているのでここへ来るしかない。夕食は日替わりで、料理は亭主にお任せだ。儂が席についていつものワイルド・ターキーのライをハイボールで注文すると、亭主はグラスと一緒にまず突出しを出して言った。

「柏鯛の昆布締めです」

通常、昆布締めといえば鯖だし、柏鯛という鯛はこの世に存在しないのだが、儂はいつものように黙って頂戴する。この亭主はいつもこんな無茶苦茶なことを言うのだが、旨くなかったためしがないのだ。鯛の酢締めは旨かった。

旨い、と言うと亭主はにやりと笑って頷いた。「先生。今何か書き悩んでるでしょう。いつもの軽口が出ませんね」

おっ、と思って儂は亭主を見つめた。そうなのである。今、儂は書いている小説の途中で行き詰まっているのである。だからいつもより少し早めに家を出てきたのである。書いているのは夜警を主人公にした短篇で、この定年を過ぎた男はもと警察官、街のあちこちに痴漢やこそ泥が出るので区役所と町内会から頼まれて夜間の見回りをしているのだ。被災地の救援に駆り出されて町内を見回る警官が手薄ということもあるらしい。名前は少し変梃な苗字にしてやれと思って雲助準一とした。さてこの雲助準一、登場してすぐ、町内を見回っているうちになんだか怪しい女性に出会す。通りの向うからにたにた笑いをして口から大きな舌をべろりと出した小柄な女がやってくるのである。よく見ればその大口と真っ赤な舌は彼女がつけているマスクに描かれている絵だった。この変なマスクはそもそも横尾忠則という画家が考案したものであったのだが、それを知らぬ雲助準一は自分が一瞬驚かされたことにひどく腹を立て、彼女を呼び止めた。

「待ちなさい。待ちなさい。こんな夜中に、そんな人騒がせなマスクをつけていてはいけません。気の弱い人が見たら気絶します。すぐにとりなさい」

だが女は笑っているような細い眼でじっと彼を見つめ返すのみだ。雲助は手を伸ばし、彼女のマスクを引っ剝がした。その下にあったのは、耳もとまで裂けた口であった。雲助はこのような奇っ怪さに慣れておらず、本当は極めて臆病だったから背筋を凍りつかせて立ちすくみ、無表情なままで女の顔を凝視しながら呟いた。

「あの、まだいつか、それは」

わけのわからぬことを言ってから彼は気絶した。歩道にひどくぶつけた頭部がごち、と音を立てた。

儂が書いたのはそこまでである。そこからどう書くべきかがわからないので食事に出たのだ。

「どど豆と慈姑《くわい》のパルミジャーノ和えです」

何やら派手な色をした前菜が出てきた。考えごとをしていた儂はどど豆というのが自分の過去の短篇に出てきた架空の豆であることにその時は気づかず、上の空でライのお代りをした。夢中で構想を練っているため、あまり酔いもまわらない。

歩道に頭をぶつけた以上は、いささか気がおかしくなっている筈である。だが、どうおかしくなっているかが問題である。それ次第であとの展開が決ってくる。いやいやそれ以前に、口裂け女とはいったい何者なのか、そんな怪物がなぜ現れたのかを書いておかねばなるまい。そうだ。ここは簡単にいこう。人を驚かせようとする悪戯でマスクの下に更に口の裂けたマスクをしていたことにすればよい。凝視しておいてそんなことにも気づかなかったのかと言われそうだが、気が動顛しているのだからそれもありだ。

ごち、という音がするほどコンクリートに頭をぶつけた以上は雲助準一、もうまともではあり得ない。何かやらかすに決っている。さて何をやらかすか。何やら本能に従ってよからぬことをやらかすに違いない。さて、もし雲助準一が儂であれば何をするか。そこまで考えた時、突然クリコの甲高い声が店内に響いた。

「あーっ。今わたしの胸覗いたでしょう」

「あははは。すまんすまん」サラリーマン風の中年男が料理を運んできたクリコに謝っている。「だってクリコちゃんが、そんな襟ぐりの深いインナー着てるからだよ。誰だっておっぱいを覗きたくなるじゃないか」

その途端、儂は夜警の雲助準一に何をやらせるかを思いつき、ばん、とカウンターを叩いて叫んだ。「覗きだ」

えっ、と驚いて皆が儂を見た。

「いえいえ、わざと覗いたわけではなくてたまたまその」男は悲しげに儂を見た。「すみません」

「こっちこそ、驚かせてすまん」と、儂は言った。「あんたのことを言ったんじゃない。ちょっと思いついたことを大声で言っちまったんだ」

そうなのだ。儂の趣味は覗きではなかったか。無論そんなよくないことを始終やっているわけではない。女の裸を覗かせる店があるというが、ああいう場所へ通っているわけでもない。あくまで子供っぽい、願望としての窃視である。

「アルジャジーラのテリーヌです」

「だんだら鹿とゾロ葉のオイスター炒めです」

料理は次つぎと出てくるが、儂は構想に夢中である。そうだ窃視と言えば昔、寺山修司という詩人が確か覗き目的で他家の庭に入り込み、家人に怪しまれて通報され、逮捕されたことがあった。しかし雲助準一は公に認められている夜警だ。他人の家を覗き込んでもさほど咎められることはあるまい。よし、この夜警に覗きをやらせよう。読者の喜ぶエロチックな話になるぞ。

料理が出尽したと思い、儂は珈琲を注文した。だが、亭主は言った。

「すみませんな先生。コーヒーメーカーが壊れてましてね。クリコに案内させるから近くの

『ミモザ』で飲んでいって下さい。あそこのモカはお勧めです」

客は儂ひとりになっていた。勘定を済ませて儂はクリコと一緒に「畦道」を出た。こんな若い娘と喫茶店に行くなど、何十年振りのことだろう。「ミモザ」という店は古くて小さく、老人のマスターが珈琲を淹れていて、数人の客も年寄りばかりだった。儂は窓際の席で眼の大きなクリコと向かいあった。

「ご亭主はあんたのことを街かどで拾ってきた娘だなんて言ってるけど、あれはどういう意味だい」やっと酔いのまわってきた儂は彼女にそう訊ねた。

「お金がなくて、お腹がすいて泣いてたの。そしたらご主人が、店に来いって言って、助けてくれたのよ」とクリコは言った。「それまで自分が何をしていたのか、あんまり記憶にないの」

「ほほう、そういうこともあるんだ」ちょっとのけぞってそう言ってから儂は言う。「あのご亭主、あんな顔だが、怖くはなかったのかい」

「あんな怖い顔をした人ほど実際にはやさしいってことは知ってたわ」クリコは魅力的に笑った。「ほんとにやさしいのよ。今まで叱られたことってないわ」

その店のモカは旨かった。ご主人から言われているので、と言ってクリコは珈琲代を支払ってくれた。

もう一度店に戻るというクリコを見送ってから、儂はひとり、わが家への道筋を辿る。商店や飲食店の多い大通りをしばらく歩けばわが家のある住宅街へ折れる道路になる。その道路からひとり、男が出てきた。警備員の服装をした、恰幅のいい初老の男だ。なんだか知りあいのようだなと思いながら近づいていくと男も儂を見てにっこり笑った。知っているも道理、なんと雲助準一ではないか。やあ、と頷くと彼も頷き返す。彼と儂はすれ違いざま手をあげてぱちんとハイタッチをし、そして左右に別れた。

# プレイバック

芳山和子は小柄だった。しかし昭和の少女としては平均的な体軀である。そう考えればでかい最近の女学生を見慣れているおれの眼に奇異ではない。

「時をかけて来たのかい」

ベッドからそう訊ねたおれに彼女は、あきれたような顔をして見せた。「誰だって、どこからだって来られるんじゃあないでしょうか。先生の創造物なら」

言葉遣いはともかく、時をかける少女にしては反抗的な物言いである。ただの見舞いではなく、何か言いたいことがあってこの病院へ来たに違いなかった。

「そうか。君にとって時間はないも同然。今は君がおれの無為な時間と君が言いたいことを言えるおれの年齢を考えて、この時を選んだってことだな。いいよ。言いたいことを言いなさい」

「言いたいことじゃなく、お訊ねしたいことがあって来たんです」芳山和子は真摯な眼をおれに向けた。「わたしが、男性に都合のいいような、控えめでおとなしく優しい女性として書かれていることに対して批判的な意見があるんですが、あれはなぜですか。先生はそういう女としてわたしを表現なさったんでしょうか」

「ひやあ。参ったなあ」おれは笑いながら頭を抱えて見せた。「そういやあ確かに、他の作家の評伝でおれと比較するためにそんなことを書いたものがあったなあ。でもなあ、わかってくれないかなあ。あの時代のジュヴナイルで男性が嫌うような、出しゃばりで我儘で荒っぽい女性をヒロインとして書くことはできないよ。そんな時代だったんだよ」

「それはわかりますけど、ではなぜそれが批判されるんですか」

頭がいいのはおれの書いた通りだなと思いながらおれは言った。「それが、おれにもよくわからないんだよ」

「わたしには少しだけわかってきました」彼女は少し笑った。「先生を疲れさせたみたいですから、これで失礼します」

あっ、という間に芳山和子は消えた。

おれはベッドで寝返りをうった。入院しているからといって別段臨終が近いわけでもなんでもない。二日間でからだの状態を検査してもらうだけの、いわば老いらくの道楽に類する入院なのである。だから手をのばして細巻きのKENTを取り、一本吹かす。うまいからには、肺気腫の方はまだまださほどのこともないのであろう。

誰か来るのだろうと予測はしていた。次に入って来たのは唯野教授だ。黒縁の眼鏡をかけた小柄な唯野君はウディ・アレンに似ていて相変わらずの饒舌であり、ほとんどおれに喋らせない。

「ややあややあ。元気。うん。元気だよね。元気だ元気だ。それでさ、蓮實重彥と対談したでしょ。よくやるよねえ。おれみたいな早治大学なんてわけのわかんない勤め先じゃなくて東大のしかも先の総長。あっ、総長賭博やったの。やらないよね。書簡での対談だもんね。いやもう恐れ入谷の鬼子母神。蓮實さんをなんとかあんたの土俵に引きずり込んだりもして、たいしたもんだ。それでさ。あんたこの間、桐野夏生の『砂に埋もれる犬』っての読んだでしょ。ああおれ勿論読んだ読んだ。あれって凄いよねえ。その前の『日没』ってのも凄いんだけど、今度のはまあ、読み出したらやめられないよね。あの人女なのにまあ主人公の男の子の心理、よくわかってるんだよねちゃんと。それでさ、あれって昔のあんたみたいな不良少年の心理と地続きなんだよね。例えばあんたの場合はさ、お袋さんの着物持ち出して売り飛ばして、その金で映画見に行くんだけど、どれだけひどく叱責されるかってことわかってながらそれほとんど頭にないんだよね。頭にあるのはただもうこれから見る映画の楽しさだけ。不思議だよねえ。桐野さんその辺のことよく知ってて書いてる。凄い人ですよあの人。

で、今何読んでるんだっけ。ああ、知ってる知ってる。知ってるの当り前だよね。そうそう、マリオ・バルガス＝リョサの『ケルト人の夢』でしたよ。あんな分厚い本、よくまあ翻訳したもんだ。野谷文昭えらいっ。まったくもう人間の残虐性の極北だよね。あんまり分厚いからまだ読み切ってないんだけど、あんたもそうでしょ。あっそうそう、最近ジャズ聞いてる。聞いてるよね。ユーチューブってのがあるから、古いジャズも聞けるんだ。あんた古い日本の曲だとばかり思い込んでいた曲あるでしょ。実はあれレイ・ノーブルが書いてチャーリー・パーカーの演奏で有名になった『チェロキー』って曲でさ、モダンジャズの名曲だったんだよね。なんでそう思い込んでたのか、あれ不思議だよねえ。あっいけね。午後の授業だった。じゃおれ、失礼するね。元気でね。元気でね」

唯野仁はあっという間に姿を消した。まあおれ自身の創作物なんだから、感想を言う分にはひとりで喋っていても同じなのだろう。そう思っていると彼はまた病室へ舞い戻ってきた。

「言うの忘れてた。あんたさあ、最近掌篇ばかり書いてるけど、あれ、あまりよくないんじゃないの。だってあんた掌篇集を最後に出して儲けるつもりだろ。そりゃまあ短いものばかり集めた本ってよく売れるけどさ、魂胆が見え透いてるんじゃないかな。あっ。ご免ご免。老婆心老婆心あはははは」彼はちょっぴり痛いことを投げかけて消えた。

そうか。過去の作品の登場人物におれを批判させる趣向なのか。さて次は誰が出てくるのかと多少待ち構える気分でいると、スライドドアをゆっくり開けて入ってきたのは神戸大助だった。富豪刑事はきちんと三揃えを着ていて、最高級と思える葉巻煙草の香りがふんわりと漂ってくる。

「ご気分はいかがですか」彼は優しくそう言った。

「ああ」おれは頷いた。「いいよ。君はなんだか死んだ息子に似ているな」

「それはだって」彼は苦笑した。「あなたはわたしの役を東山紀之氏に演じてもらうことがずっとお望みだったでしょう。そして伸輔さんは東山氏に似ていて、友達からはヒガシヒガシと呼ばれていた。わたしとしては似るしかない」くすくす笑った。「深田恭子さんが演じられたのはあなたが許諾されたからです。プロダクションが同じだから許諾せざるを得なかった。存じております」

「なんだか泣かせるじゃないか。君はどうやらわたしの批判をしに出てきたんじゃなさそうだね」おれは彼の物腰にいささかほっとしていた。「まあ、おれは彼女のファンでもあったしね。そうか。フカキョンとは長いこと逢ってないなあ。いつか中華レストランへ行った帰りにはおれの家にも来てくれた。一度逢いたいなあ。ほんのちょっとでいいから、君、富豪刑事を演じた時のフカキョンになって見せてくれないか」

彼は困った顔で言った。「あいにくわたしは扮装が下手でして。すみません」

「いいよいいよ。そうか。君は悪口を言わない人だったんだ。でも最近アニメになった神戸大助のキャラ、君とは正反対だけど、あれについては文句があるんじゃないの」

「いやいや。とんでもない」彼はかぶりを振った。「あれが評判になったお蔭で、本も大増刷したわけですから」

「そう言ってくれて、ほっとしたよ」おれは笑った。「君は優しいなあ」

「扮装とおっしゃるなら、ご存知とは思いますがそちらのスペシャリストをお連れしましょう」

神戸大助がそう言ってドアをスライドすると、案の定だ、彼と入れ替わりに入ってきたのは深紅のセーターを着た美少女、即ちパプリカである。

「ハーイ先生。退屈してるんならお相手するわよ。一緒にラジオ・クラブへ行こうか」千葉敦子の陽気な部分だけのようだ。

おれがそう思った途端、彼女は沈鬱な面持ちの千葉敦子に取って代わる。ダークスーツを着ているのがいささか気に食わない。迷惑そうな表情は無理矢理連れてこられたかのようにも見えた。

「芳山和子も言ってたけど、わたしは斎藤美奈子さんの解説がこたえたわ。わたしもパプリカも男にとってあまりに都合のいい女なのが嫌なんですって。斎藤さんはそれを複数の女性読者の発言と言ってらっしゃるけど、あれ、斎藤さんご本人の感想じゃないかしら。パプリカなんて、オジサンの妄想の産物なんて言われてしまってるわ」

おれはあわてて「待て待て。斎藤さんはそのことを俗流フェミニズム批評だって言ってるんだぜ」と斎藤美奈子を弁護した。

「わたしはあなたが千葉敦子をむしろそのフェミニズムの闘士、とまでは言わないけど、それに近いものとして書いてくださったように思ってたんだけど」そう言ってなぜか疲れた様子の千葉敦子は、おれのベッドにどんと腰をおろした。

おれは悲鳴をあげた。「痛い痛い痛い。そこへ座るな。足の上だ」彼女は意外にも重かったのだ。

「なんでそう言われるのかしら」彼女は立ちあがりながら不審そうに言う。「わたし、ずいぶん戦ったんじゃなかったっけ」

「おれもそのつもりで書いた」知らず知らずおれは大きくかぶりを振っていた。「ああ書く以外に手はあるか」

「そうなのよね。パプリカなんて、ああ書く以外なかったと思うわ。ああそうそう、今敏監督がお亡くなりになったことは悲しかったわ。わたしが泣いたのは、死期が近づいた監督のところへお母さんがいらっしゃって、弱いからだに産んでご免、っておっしゃったあのエピソード。ああいやだ、また泣けてきちゃった。そろそろ失礼します」

もう帰るのかおい、と言おうとした時すでに千葉敦子の姿はなかった。もう誰も来ないだろう、とおれは思った。人気役者は全部来たし、ラゴスというのがいるが、あれは未来人だし外国人だし、言葉が通じない。

「お邪魔します。穂高小四郎です」遠慮深げにドアを開けたのは、生真面目そうな顔の美藝公だった。「さほどの売れっ子では御座いませんが、どうしても申し上げたいことがありまして」

あっ。おれの演技のことだなと思い、身構えてしまう。自分の演技については自分でもさまざまに思うところがあるからだ。「美藝公ともあろうかたが、わたしなんぞの演技を批判されますか」おれは溜息をつく。

「やはり気になさっていましたね」美藝公は魅力的に笑った。「亡くなった納谷六朗さんと共演なさった時、彼はあなたの演技を見て『ああ、おれもこういう風にやれと教わったなあ』と言った。あなたはそれを気にしていますね。あなたはご自分の演技が感情移入から遠いところにあると」

「ろくな演技じゃない。その通りです」

やはり批判に来たのかとうんざりした時、彼はかぶりを振った。

「まあまあお待ちなさい。確かにあなたの多くの演技は筒井康隆を主張している。そのため真面目にその役を演じた場合もそう思われてしまって評判が悪い。しかし自意識や自己主張が功を奏した場合もあることを申しあげておきたいのです。開眼なさった最初はチェーホフ『かもめ』の舞台です。トリゴーリンを演じられたあの時は扇田昭彦氏から語り口を批判されてしまいましたが、幕切れのあなたの演技に凄さを見て『ぞくっとした』と内田春菊さんが評価したことは憶えておられるでしょう。演出家の蜷川幸雄さんは作家に作家を演じさせることに興を募らせていましたから、あなたはこれに応えようとした。その結果みごとに作家のエゴイズムと冷酷さを表現なさったのです。以後のあなたは扇田さんが『筒井さんは怖いくらいにどんどん巧くなる』と言った通りになりました」

「ありがとう。優しいお言葉、感謝します。だけどねえ美藝公、それは役者生活の最後の数年、ほんの数回のことでしかない。おれが残念でならんのはそれまでの映画出演で、なんでもっと多くの人の記憶に残るような演技ができなかったかということ、これに尽きるんですよ」

だが気がつくと、言いたいことだけ言ってしまったからか美藝公穂高小四郎の姿はもう室内になかった。

だっておれ、もともとは映画俳優になりたかったんだもんね、未練がましくそう呟いていると、突然廊下が騒がしくなった。いやな予感だ。その何人かの笑い声はいずれも聞き知っているものだった。スライドドアが大きく開いて入ってきたのは懐かしさと腹立たしい思いが交錯する昔なじみのSF作家連中、いずれも死んだ者たち。広瀬正、大伴昌司などという大昔の友人たちもいて、おれの記憶の中の彼らのように彼らの影は薄く、輪郭がぼやけている。ひとりだけ、存命する豊田有恒がいたが、彼は自分がどうしてここにいるのかわからぬという戸惑いを表情に漂わせて周囲を見まわしている。

「こら」と小松左京が笑いながら言う。「おれの『日本沈没』の、たった三十枚のパロディで儲けやがって」

「そもそもがおれのアイディアだ」星新一が晩年のあの不機嫌な顔で言う。「おれの言ったことやしたことをそのまま小説に書きやがって」

「そりゃもう、盗作の名人だもんね」平井和正の口が笑いで裂けた。「あーっ。怒った怒った。怒らせちまったよう。すみませんすみません」ひどいことを言ったあとで謝るという癖を、彼自身は何とも思っていない。

「なんだ。元気そうじゃないの」にこりともせず、半村良は軽口をたたく。「せっかく心配してやってきたのに」

「ツイッターでさあ、腐るほど長生きしやがって、なんて書かれてるよ」あのにたにた笑いで光瀬龍が言う。「おれたち、わりと早く死んだけど、あんただけは長生きだ。なんでなんだよ」

「知りませんよ」泣きそうになりながら、おれは先達たちに向かって訴えかける。「だってあんたたちがあまりにも早く死んだんだ。最長老なんて言われて、あんたたちのことを書いたり言ったりするSF作家がおれしかいなくなって、いろいろと対応することがたくさん出てきて、だから長生きするしかないでしょうが。長生きするしかないでしょうが」

# カーテンコール

**ゴーレム**　博士。あんたの想像し創造した怪物は、わしの偽物ではないのかね。

**フランケンシュタイン**　とんでもない。わしのは科学的成果だが、あんたはただの泥人形じゃないか。

**ジュリアン・デュヴィヴィエ**　だが少女と友達になったり助けたり、似ているところは多いね。

**メアリー・シェリー**　日本には「大魔神」って言う、とんでもない偽物がいるわよ。

**筒井康隆**　ああ「大魔神」。藤村志保さんは綺麗だったなあ。

**藤村志保**　ありがとう先生。「冬の運動会」でご一緒しましたわね。

**緒形拳**　「大魔神」はわしの偽物だ。

**怪物**　おれは「復活」だの「花嫁」だの「幽霊」だの「逆襲」だの「復讐」だの、何度も続編が作られたが「大魔神」は二、三度じゃないか。
**エドガー・ライス・バロウズ**　映画化されたシリーズの多さならおれが一番だ。「類猿人ターザン」に始まって「復讐」「逆襲」「黄金」「凱歌」それから。
**ターザン**　あーアあアあーあ。アあアあ。
**モーリーン・オサリヴァン**　ジョニーは養老院へ入れられてからもそう叫び続けていたらしいわ。
**筒井康隆**　モーリーン。最初の映画では災難でしたね。まだ洗練されていないターザンにスカートをまくり上げられたり、全裸で水中を泳がされたり。ぼくの青春の憧れだった。憧れだったのは他にもたくさんいて、例えばエノケン一座の宏川光子。
**榎本健一**　綺麗な綺麗な、おくみちゃん、ほんとに綺麗な、おくみちゃん。
**小笠原章二郎**　それは私が「法界坊」の中で歌った曲でしょうが。続きを歌えば、髪は烏の濡羽色、眉は三日月玉のようね。柘榴のようなその唇は、つやつや光って綺麗ですね。姿見るたび惹きつけられる、ポチャポチャポチャポチャポチャ綺麗ですね。
**斎藤寅次郎**　あはははは、あの曲はチャップリンの歌った「ティティナ」だよ。でも小笠原章二郎、あれからはいい役がつかず、「よきにはからえ」としか科白のないチョイ出の殿様役ばかりだったが、十何年も経ってから山村聰の「蟹工船」に出ていた。

**筒井康隆**　つるっ禿げでしたね。
**色川武大**　小林信彦と三人でよく歌ったねえ。「娑婆にいた時ゃ悪事をかさね」
**柳田貞一**　「法界坊」の要助が最高の役だったなあ。しかしまあ、あの映画で何人殺されたことか。わしも含めて四人、いや五人。とにかく殺伐とした映画だったぞ。しかし評判はよく、芝居にして巡回した。
**筒井康隆**　あっ、それぼく、梅田映画劇場で見ています。それからエノケンの師匠の柳田貞一さん、ぼくにとってあなたは何より「孫悟空」の三蔵法師なんですよ。
**岸井明**　空飛び、土もぐり、水をくぐれるのは、自慢じゃないけれどおれたち三人だけ。
**金井俊夫**　どんな敵でもおいら三人、力合わせりゃ何でもない。おれたちゃ世界中でいちばん強いんだぞ。
**小林信彦**　この歌も三人でよく歌ったなあ。銀座の「まり花」だった。
**山本嘉次郎**　東宝特作映画でした。当時の人たちにとっては人気俳優勢揃いの夢のような配役だったんです。もちろんエノケン一座総出演、それに李香蘭、花井蘭子、高峰秀子、渡邊はま子、清川虹子、まだ幼い頃の中村メイコ、そして徳川夢声、高勢実乗。
**筒井康隆**　ぼくが大好きだった高清子も冒頭に踊り子のリーダーとして登場します。父親につれられて見た初めてのエノケン、初めての孫悟空でした。
**アーネスト・ヘミングウェイ**　お前さんは学校をサボって映画ばかり見歩いとった中学時代、

わしの「持つと持たぬと」を映画化した「脱出」を見ておるな。理解できたのかね。ハワード・ホークスは友人だったが、わしのいちばん面白くない作品をいちばん面白い映画にしてやったなどと威張っておるが。

**筒井康隆**　あの映画の本当のよさなんて、中学生にわかるわけありませんよ。予告篇で最後の拳銃をぶっ放す場面だけを見て、高額なロードショーをOS劇場へ見に行っただけです。

**ハンフリー・ボガート**　でもおれのファンだっただろ。「マルタの鷹」でおれに惚れ込みやがった癖に。

**ローレン・バコール**　それは偉いわよね。わたしなんか結婚直前まで、ケーリー・グラントは素敵、ボガートはいやだあなんて思っていたんだもん。

**ハワード・ホークス**　この子はねえ、あとで「脱出」を見直して好きになって、歳をとった今でもいちばん好きな映画なんだよ。

**ウォルター・ブレナン**　ありがたいこってござんす。

**ジョン・ヒューストン**　ずっとおれのファンでいてくれてありがとう。成人してからはわしの自伝まで読んでくれたが、実を言うとなあ、あの本にはだいぶ嘘っぱちが混じっとるんだよ。

**ピーター・ローレ**　あんた自身ボギーには惚れ込んでいた癖に、ずいぶん悪く書いていたりするじゃないか。

**シドニー・グリーンストリート**　「マルタの鷹」では映画初出演のこのわしにいい役をくれたが、そのあとはろくな役をくれなかったな。「カサブランカ」など、ほんのちょい役だった。あれならずっと舞台の名優でいた方がよかった。

**イングリッド・バーグマン**　ああ。「カサブランカ」は駄作よ。

**ポール・ヘンリード**　台本じゃ最後までバーグマンがボギーを選ぶか僕を選ぶか決めていなかったたな。

**マイケル・カーティス**　その通りだが、でも大ヒットしたじゃないか。「君の瞳に乾杯」など名科白もあるし、あのストーリイや舞台設定を真似た映画は沢山あるぞ。「脱出」だってそうだ。

**ホーギー・カーマイケル**　名科白って言えば「脱出」にも「わたしが欲しくなったら口笛を吹いて」なんてのがあったなあ。映画にはまたもう一度くらい出たいもんだ。

**筒井康隆**　あっ。でもあのラストは名演技でしたよ。ハワード・ホークスっていろんな人と知り合いなんだなあ。

**ウィリアム・フォークナー**　そうだよ。私もあの映画の脚本に駆り出されておる。

**リイ・ブラケット**　私も本職ＳＦ作家なのによく使われたわ。「ハタリ！」とかね。

**ブルース・キャボット**　わしみたいな古い俳優をよく使ってくれたもんだ。いろんな俳優を使っていたなあ。

ハーディ・クリューガー　おれ、ドイツ人。
ジェラール・ブラン　おれ、フランス人。
エルザ・マルティネッリ　わたしはイタリア人。
レッド・バトンズ　各国の俳優を取り揃えたかったんじゃないかなあ。
ジョン・ウェイン　おれ、常連。
ジョン・フォード　わしの恩を忘れてはならんぞ。「駅馬車」で初主演に近い形で出してやったろうが。
ジョン・キャラダイン　私もいい役で出していただきました。
筒井康隆　あっ。蓮實重彥さんだ。
蓮實重彥　顔の長いところが似ておるだけだよ。
スタン・ローレル　わたしも長い。
オリヴァー・ハーディ　最初の出会いが「極楽闘牛士」だったね。最後、おれたちが皮を剝がれて骸骨になって歩き出す場面に、喜劇でこんな結末があっていいのかと君は驚いていた。
ハロルド・ロイド　その前に私がいたじゃないか。「巨人征服」を何度も見にきたね。
チャーリイ・チャップリン　同じ小学生時代に吹田館で「黄金狂時代」を見ただろう。
ルー・コステロ　中学生になってからはおれたちに夢中だったな。君は特に「凸凹宝島騒動」がお気に召したようだった。

**バッド・アボット**　ルー。君が死んでから私は仕事がなくなって困ったんだよ。最後は遊園地のモギリまでやった。

**ダニー・ケイ**　おれは君にあまり好かれなかったようだった。「虹を掴む男」など、ほぼ全作品を見てくれたのにね、やはりドタバタが少なかったせいかな。あるいはおれの演技が気に食わなかったとか。君も喜劇俳優を目指していたから、もしかして敵愾心だったのかな。

**バスター・キートン**　わたしは戦後、まったく上映されなくなったなあ。ダイアンはよくやったがね。

**グラウチョ・マルクス**　私を入会させようなんてクラブには入りたくないね。

**ハーポ・マルクス**　（声のない笑い）

**チコ・マルクス**　おれが最初に死んで、それからハーポ。その下の弟たちは割と長生きした。グラウチョは財産や権利目当ての若い娘につけこまれたりしていた。死ぬ時は息子に「おれは尊敬されるだろうか」なんて心配をしていたよ。

**筒井康隆**　あなたたちを最初に見たのは「マルクス捕物帖」でした。でもあれではあなたたちの本当の面白さは高校生にはわからなかったし、次に見た「マルクス兄弟デパート騒動」でもそうでした。ところが「マルクスの二挺拳銃」では最後の列車のドタバタに笑い転げ、それ以来一番のファンになってしまった。でもあのドタバタはあなたたち本来のものではなかったのですね。それがわかってきたのはまさに、グラウチョの偉大さがわかってきた大学時代だったでしょう。以後は昔見た映画を理解し、再評価する時代となってくるわけです。ここまでカーテンコールにつきあって下さった皆様に感謝します。

**淀川長治**　それではまた、お会いしましょうね、さよなら。さよなら。さよなら。

# 附・山号寺号

附・山号寺号

お産瞬時
辛酸戦時
解散生返事
出産大吉事
飛散お通じ
清算袋小路
発散著作時

破産桂春団治
南無三大惨事
炭酸オレンジ
宮澤さん賢治
中上さん健次
星さん切れ味
小松さん大味（こら！）
陰惨独裁政治
お兄さん刑事
礼賛沢村栄治
共産宮本顕治
量産吉川英治
富士山登山時

閑散午前二時
自画自賛大恥
野望山馳参寺（NHKでやったなあ）
こいさん法善寺
物見遊山南禅寺
斎藤道三痛恨事
ぞうさんご返事
弁当持参信濃路
ご破算ダメージ
退散退散雷親父
福助さん奇形児
八甲田山不祥事
胃散のんで食事

墓参の前に掃除
お手伝いさん炊事
校長さん山本宣治
お嬢さんもじもじ
馬琴さん二番煎じ
兵隊さん日本男児
本妙寺さん大火事
おいなりさん塩味
小室さんアレンジ
過剰生産三面記事
お母さんガスレンジ
おまわりさん快男児
ローランサン私生児

## 附・山号寺号

按摩さんマッサージ
東山紀之さん光源氏
金さん銀さん双生児
うちのかみさんレジ
家族離散日常茶飯事
文士の皆さん異端児
ご苦労さん二足の草鞋
のんきな父さん自然児
長谷川博己さん麒麟児
村山富市さんゲジゲジ
おのぼりさん食い意地
シュリーマンさん右卍
天台宗の坊さん寛永寺

計画杜撰自ら踏むドジ
クロワッサンバター味
翻訳界に燦燦阿部知二
とれるか採算この民事
文化遺産ストーンヘンジ
モーパッサン時代の寵児
大いなる遺産皆の関心事
議員のおばさん飛ばす野次
おばあさん孫にふたつ返事
不動産売り時失して大赤字
かもめのジョナサン革命児
降参降参砲火はいつも十文字
桂がお姉さん歌舞伎の修禅寺

最後の晩餐ダ・ヴィンチの意地
あちこちデッサンセントジョージ
ひょっとこさんいつも眉毛は八文字
古事記の編纂太安万侶のチャレンジ
あしながおじさんジュディと共に家路

装画　とり・みき

初出

深夜便――「波」二〇二一年一月号
花魁櫛――
『ジャックポット』二〇二一年二月刊所収
（「モノガタリ by mercari」二〇二〇年六月三十日配信）
白蛇姫――「波」二〇二一年二月号
川のほとり――
『ジャックポット』所収
（「新潮」二〇二一年二月号）
官邸前――「波」二〇二一年三月号
本質――「文學界」二〇二一年四月号
羆――「波」二〇二一年四月号
お時さん――「新潮」二〇二一年五月号
楽屋控――「波」二〇二一年五月号
夢工房――「読楽」二〇二一年六月号
美食禍――「波」二〇二一年六月号
夜は更けゆく――「文學界」二〇二一年七月号
お咲の人生――「波」二〇二一年七月号
宵興行――「波」二〇二一年八月号
離婚熱――「新潮」二〇二一年九月号
武装市民――「文學界」二〇二一年九月号
手を振る娘――「波」二〇二一年九月号
夜来香――「波」二〇二一年十月号
コロナ追分――「群像」二〇二一年十一月号
塩昆布まだか――「波」二〇二一年十一月号
横恋慕――「波」二〇二一年十二月号
文士と夜警――「文學界」二〇二二年一月号
プレイバック――「新潮」二〇二二年二月号
カーテンコール――「新潮」二〇二三年七月号
山号寺号――「文學界」二〇二三年九月号

# カーテンコール

---

発行　二〇二三年十月三十日

著者　筒《つつ》井《い》康《やす》隆《たか》

発行者　佐藤隆信

発行所　株式会社新潮社
〒一六二—八七一一
東京都新宿区矢来町七一番地
電話　編集部〇三（三二六六）五四一一
　　　読者係〇三（三二六六）五一一一
https://www.shinchosha.co.jp

装幀　新潮社装幀室

印刷所　大日本印刷株式会社

製本所　加藤製本株式会社

乱丁・落丁本は、ご面倒ですが小社読者係宛お送り下さい。
送料小社負担にてお取替えいたします。
価格はカバーに表示してあります。



ISBN978-4-10-314536-3 C0093